#Einbahnstraße
#Walter
#Benjamin

班雅明的

「路上觀察學院」，
走入充滿張力與火花的
哲學街景

單行道

華特·班雅明———著

姜雪———譯

德文直譯詳註本

方舟文化

微／唯物見著

黃涵榆（臺灣師範大學英語學系教授）

　　華特・班雅明（Walter Benjamin）在他短暫而傳奇的人生（一八九二—一九四〇）裡見證了現代世界巨大的變動（包括兩次世界大戰、法西斯納粹與史達林共產主義政權的崛起），為世人留下極為豐富的思想遺產。其著作跨越哲學、神學、政治學、文學、藝術、科技、媒體等領域，形式與題材多元，筆鋒細膩深刻，堪稱現代歐陸哲學最為獨特的一位思想家與作家，其影響力至今未減。

　　自二十世紀以來，班雅明儼然已成為現代都市經驗最為獨特的書寫者。他的都市系列書寫——包括〈那不勒斯〉（一九二五）、〈莫斯科〉（一九二七）、《單行道》（一九二八）、《柏林紀事》

（一九三二）、〈第二帝國的巴黎〉（一九三八）、
《柏林童年》（一九三八）以及在世來不及完成的《拱
廊街計畫》——以獨特的哲學、美學與倫理學的視
角，帶著些許憂鬱的情懷，重現了世紀交替與二十
世紀前半葉現代都市的萬千世界。在這些作品裡，
班雅明並沒有採用任何特定的理論框架，而是以一
種極富親近性的觀察與回憶筆觸娓娓道來，引領讀
者走過諸多歷史遺跡、物件、地景與文本。閱讀班
雅明的都市記憶書寫讓讀者變身和班雅明一樣，漫
遊在都市街道，捕捉拼湊幻化萬千的影像、聲響、
氣味、知覺與印象。

　　《單行道》是班雅明早期的都市記憶書寫實驗
之作，他以個人在柏林街道上的生活點滴為基本素
材，但也涵蓋法國與義大利，堪稱一部二十世紀初
期的歐洲文化簡史。然而，大敘述從來不是班雅明
的菜。我們在包括《單行道》的都市記憶書寫看到
的是由各種物件（鐘、門、手套、廣告、書本、文
具、旅遊紀念品、郵票等等）、空間（例如餐廳、
地窖、圖書館、商店、街道、宮殿與市集）、文
學與藝術作品、閱讀、遊戲、旅遊、分離、收藏、

捉迷藏、夢境（包括自己的自殺場景）等活動交織而成的「小敘述」。這些小敘述以格言、隨筆、詩句、文學評論、筆記等多樣的形式展開。也有篇幅比其他篇章要長許多且主題迥異的「類評論」，像是〈帝國全景〉談德國歷史變遷、封閉的民族性與虛無主義、現代德國都市文明的破敗、貧困、看不見希望的生命狀態。

這樣的書寫風格體現了班雅明都市記憶書寫最重要的題材——「漫遊」（flâneurie）。作為作者的班雅明如同自己的以及他所詮釋的作品（特別是波特萊爾）中的漫遊者（flâneur），釋出敘述和書寫的主控權，浸潤在現代都市的各種事物之中，不依循任何預定的路徑進行即興演出，讀者的閱讀歷程也彷彿都市漫遊充滿驚奇。各個篇章的標題與內容總有令人意想不到、玩味不已的連結。舉例而言，〈宣誓就職的審計員〉原德文標題裡的 Bücherrevisor 由 Bücher 和 Revisor（意為審閱者、校對員）組成，Bücher 既指帳本又指書本，暗藏本文反思書本出版變遷的線索；譯者對類似的布局都做了精要的註解。除此之外，文中隨處可見文字遊戲

或隨性聯想，例如妓女與書本（都可以帶上床）、火災警報器與階級鬥爭、作家與外科醫師的類比，有時借用廣告或電影臺詞亦製造出巧妙的聲響效果。班雅明將兒童透過玩具遊戲構築他們的生命世界類比為建築工地，「因為孩子們自有一套獨特的方式，喜歡接近明顯看來正在生產東西的各種地方；他們感到自己被建築、園藝、家務勞作以及縫紉和木匠活產生出的碎料深深地吸引。」班雅明也總是不會忘記以如詩的雋永文字讓讀者駐足許久：

〈古代藝術品・舊地圖〉：「少數人才追求永恆的遠行。[他們]是些憂鬱的人，因為他們害怕觸碰故鄉的土地。他們尋找的，是讓他們遠離思鄉之憂鬱的人，並對他忠誠不渝。」

〈古代藝術品・扇子〉：「想像力是一種能夠滲透進無限小的事物裡去的天賦。」

〈弧光燈〉：「唯有不抱希望地愛他的那個人才懂他。」

〈內陽臺・歐石竹〉：「在愛著的那個人眼裡，被愛的那個人好像總是寂寞的。」

　　讀者不妨就讓思緒無拘無束地漫遊，無需預設立場或焦躁地求取顯而易見、不言可喻的關聯。用班雅明自己的話來說，「閱讀者聽憑自己的內心在幻想的自由空氣裡悸動，而謄寫者則讓那條道路來調遣自己。」不同章節間並沒有、也不需要有線性的布局或邏輯順序，閱讀的時候可隨意選擇路徑，像是穿過一扇時空任意門走進幻化萬千的現代世界。於是，郵票不只是郵票，而是「布滿了細密的小數字、小字母、小葉片和小眼睛」，小孩子能夠像格列佛一樣，漫遊在郵票上的國家和民族之間。這不僅是通關密語、解碼或符號的模擬與轉譯，而是對於事物的專注與傾聽，是感受力的重新配置。

　　《單行道》的都市美學如同蒙太奇星陣（constellation）圖像，捕捉到都市生活稍縱即逝的經驗片段。班雅明在他生存的年代裡，面對的是西方社會商業化傾向，以及法西斯和史達林共產主義帶給現代世界的全面性破壞，他透過類似《單行道》的都市記憶書寫，保留歷史所失去的和人們所遺忘的，寄望經驗的獨特性能作為大眾脫離異化的救贖。閱讀《單行道》，讀者也在追尋屬於自己的救贖！

從單行道走到夜空並重組星座的一種閱讀可能

葉浩（政治大學政治學系副教授）

　　班雅明是一位身兼哲學家、文學評論家、文化理論學者也是馬克思主義者的作家，但正如他的書寫不但涉及了文學、語言、宗教、歷史、政治、攝影、翻譯以及各類收藏，形式也包括了學術論文、散文、雜記、箴言乃至難以歸類的著作，他本人絕不能單從上面任一身分來理解。班雅明就是班雅明。企圖將他安置於特定文類、學科或思想學派並據此分析其文本，都有生搬硬套之虞。更重要的是，難以歸類乃源自他對傳統哲學書寫，尤其是體現於康德與黑格爾哲學當中那種邏輯嚴謹且具系統性的長篇大論之反抗。

　　《單行道》正是班雅明藉以挑戰上述書寫傳

統的大膽嘗試。因此，本書採取了高度實驗性的短文形式，不僅刻意迴避邏輯論證，偶爾甚至會以彼此無關的三個段落來構成單篇來諷刺三段論（syllogism）。「凡人皆會死，蘇格拉底是人，所以蘇格拉底會死」是常見的三段論例子，其推論過程只容許一種進行方向且必然通往單一的結果。相較於這種思維上的單行道以及奠基於此的書寫傳統，班雅明以首篇〈加油站〉來破題說：書寫的形式有千姿百態，毋須讓矯作的書籍專美於前，更何況傳單、小冊子、廣告詞等輕薄短小者才符合講求速度的時代。

　　不意外，收錄本書的文章是每篇（甚至每段）各自獨立的短文。也因為多數是關於現代城市的各種空間和建物如店鋪、候車處、紀念碑乃至工地的描繪，在形式上允許讀者隨意翻閱之下，沒有兩位讀者從中得到的建物外貌與街景會一模一樣。換言之，任何據此營造出來的想像城市都專屬讀者自己，且深受個人的親身經歷、記憶與想像力所影響。《單行道》與企圖藉理性與邏輯來迫使每一位讀者接受同一論證過程與結論的哲學文本，於是在

作者意圖與讀者經驗上都大相徑庭。

　　令人玩味的是，這種閱讀過程也是一條單行道。一方面，讀者藉以想像的經歷與記憶本來就不同，所以通往那一座城市的途徑也僅只一條；甚至會像古希臘哲人赫拉克利特（Heraclitus）所說「人不能踏入同一條河兩次」那樣，即使同一人第二次閱讀也會不同。另一方面，其實任何人在閱讀當中所能援引的記憶本身也來自一個不可能重複或再現的經驗，因為人生只有一次，且記憶會隨時間而遞減細節甚至因為理解觀點不同而改變其意義。

　　本書提供的閱讀經驗於是也提醒了我們：「時間」才是唯一一條所有人都共行，且是讓每一個人的經驗與記憶得以進行的單行道。不僅閱讀經驗如此，個人的記憶乃至集體記憶——也就是歷史——也是如此。對班雅明來說，任何把世界歷史想像成單一「進步過程」的想像都是採取某一特定標準來看待的結果，猶如從任何一個視角來看待一座城市，而那實際上不過類似一個讀者從本書任何一篇文章開始閱讀，然後宣稱《單行道》只有一種閱讀順序，甚至會通往某一所有人都必須接受的結論那

樣。事實上，本書不是一篇論證長文。作為末篇的〈到天文館去〉更提醒我們，古人看到了訴說不同故事的各種星座，現代人則看到了一個欲以科技去征服的太空。這不但呼應了前述的個人閱讀差異，也意味著曾激發人們想像力與意義的夜空如今淪為星月之間沒有故事的冰冷宇宙。

　　對班雅明來說，殺了星座與想像力的始作俑者就是柏拉圖底下的「理型論」：世上存在的萬物都是另一個不受時空影響的永恆世界當中某一原型的體現，既有朽壞之時，也不完美，正如看得見、摸得著任何球形都不是絕對的圓。據此，萬物從最真實到最虛假可依序分為：理型的理型（「善」本身）、邏輯與數學、具體事物的理型、具體事物，具體事物的模仿（例如木偶）、影子以及夢或幻覺。高舉理型和邏輯、理性的結果，讓一整片星空失去了說故事的能力，也讓藝術失去了靈光，甚至讓人活著卻感受不到大自然與生命的細節。也是這主張才讓哲學家把歷史等同邏輯，把各種偶然事件理論化為一部自始即預設了必然走向甚至是走法（採取正、反、合的辯證舞步）的巨大機器。

　　面對這一個抽象概念遮蔽了實際感受、意識形態徹底取代了真實的現代世界,《單行道》於是描寫具體事物以及模仿真實事物的各種影像與夢境。每一篇文章因此都被賦予了某程度的救贖力量。程度取決於讀者從中意識到理性思維剝奪了自己多少的體會生命的能力。透過關於許多人們視而不見、聽而不聞的事物進行了細膩刻畫,書中的一則則短文猶如一幀幀定格畫面或一段影片。連接段落與段落的不是邏輯,而是班雅明運鏡的巧思與想促成讀者從意識形態中自行取得解放的意圖。若能成功,絕非必然。唯有當讓讀者看見自身感受力極度貧瘠的那一刻,一幀畫面才會從「意象」(Denkbilder,也常譯為「思想圖像」)瞬間轉化為照映自身現代處境的一面鏡子,才能閃現一道靈光讓人進入反思或說看見了「辯證意象」(dialectical image)的時刻。

　　班雅明於是讓書寫再次成了一種行動,也恢復了文本與讀者的互動。閱讀也再次成了一種冒險之旅。人們啟程時不知會遭遇什麼,一如遊蕩於城市的人不知道何時會因某一街景或畫面而改變對人生或世界的看法。與其正襟危坐來研讀《單行道》,

不如像一個都市遊蕩者那樣隨意翻閱本書。或許某些段落或文章將對你閃出亮度不一的光芒，就算沒獲得從意識形態中解放，至少也挽回了些許對事物的感受力，甚至從記憶中拯救出某些被忘掉的人事物。這是班雅明所謂的「救贖」。只要讀者願意，格外有感的段落章節將構成你想像中的城市亮點，或許還能讓你重組星空，在黑暗中看見一個專屬於你的星座之可能。

目次

017

這條街叫作
阿西婭‧拉西斯❶街
她作為工程師❷
在作者心中打通了這條路

❶ 阿西婭‧拉西斯（Asja Lazis，一八九一－一九七九），拉脫維亞女演員，導演。一九二四年，班雅明與她相識於卡普里島，後又在莫斯科之行期間（一九二六年十二月－一九二七年二月）多次拜訪她。關於這段獻辭，拉西斯在給她的一位女性朋友的書信裡（約一九二八年二月間）說：「不久前我收到來自柏林的一本書，華特‧班雅明的《單行道》。上面印有『這條街叫作阿西婭‧拉西斯街，她作為工程師在作者心中打通了這條路。』我覺得這段題詞很風趣，你覺得呢？喏，你會想起那些舊日的時光。這本書的反響相當不錯，也許會譯成法文。」（引自貝阿塔‧帕施凱維察：《在充滿標語的城市裡──阿西婭‧拉西斯、華特‧班雅明和貝爾托‧布萊希特》，頁一八三，埃森，卡拉泰克斯特出版社，二〇〇六）班雅明還起草過其他可能的題詞：「在這條街上，在這條從夏天的卡普里直通到你莫斯科聖誕小屋的街上，我所有至臻的思想就像送貨卡車一般，源源不斷地從你身旁經過。／我至臻的思想就像轟鳴著的卡車（汽車？）一般，無日不從你身旁駛過。」（譯注：刪除線與括弧均為手稿原稿所示）

❷ 此處涉及俄國先鋒派藝術的一個核心概念。班雅明在訪問莫斯科期間接觸到了那裡的先鋒派藝術作品，在《莫斯科日記》及一九二七年間發表的多篇文章中對此均有述及，如〈俄國作家的政治派別〉。這些文章儘管並沒有把「工程師」（Ingenieur）作為一個美學概念來使用，但這一概念卻見於班雅明的後期美學著述中，如〈經驗與貧乏〉。

加油站 [1]

TANKSTELLE

　　眼下，對生活的構建更多地受到了事實的擺布，而遠離信念的掌控。無論何時何地，這些事實都從未成為過奠定信念的基礎。在這種情況下，就不能希冀真正的文學活動在文學的框架內進行——事實上，這正是當前文學活動貧瘠的通常表現。文學要產生重大影響，只有在行動和寫作的輪番交替下方可實現。它必須從傳單、小冊子、報刊文章和廣告的形態中，發展出些並不起眼的形式。比起書籍的無所不包與矯作姿態，這些形式更利於文學在行動的團體中發揮作用。只有這種反應迅捷的語言才表現得對眼下應付裕如。觀念之於社會生活的龐大系統有如機油之於機器：你不是站到渦輪機前把

機油一股腦地灌進去，而是只取一點兒，把它噴注到那些極為隱蔽的鉚釘和縫隙裡去。人們必須能辨認出這些位置。

---

1 德國今天意義上的加油站（配備有儲油罐、加油塔及收款處等設施的加油站）是在汽車數量急劇增長的背景下，最早於一九二七年建立的。對加油站的讚美，從班雅明為《文學世界》翻譯過四章的路易‧阿拉貢小說《巴黎的鄉下人》中可見一斑：「那些建造了這些金屬鬼魅的無名雕塑家們並不知道，他們這樣正是因循了某種傳統，它和設計出十字架教堂的傳統一樣地生機勃發。」

早餐室

FRÜHSTÜCKSSTUBE

有一個民間傳說[1]，它告誡人們，不要在早晨空腹說夢。夢醒的人在空腹狀態下，其實還在夢的魔力範圍內，遲遲沒有出來。因為洗漱不過是喚醒了人的體表，把可見的運動機能召喚至明亮的日光下，而在更深的層次，那朦朧的幽黯夢景即使在晨浴時仍不肯消散。是的，它牢牢黏附在人初醒時分的落落孤寂裡。不敢碰觸白晝的人，不論是因為害怕見人，還是為了凝神靜氣，都不願意吃飯，甚至嫌棄早餐。他是在以這樣的方式，回避夜與晝兩個世界間的斷裂。只有透過早晨專心致志的工作——倘若不能是晨禱——把夢徹底地焚燒殆盡，這般小心翼翼地行事才算真正有效，否則就只會導致生命

節奏的混亂。在這種狀態下訴說夢境，人將厄運纏身；因為他一邊還把自己交付在夢的世界裡，另一邊卻用語言出賣了它。那就不得不等待來自夢的報復。用更時髦的話來說：他出賣了自己。他長大了，不再需要做夢的天真賦予他的護佑；他背棄了自己，因為他不假思索便妄動了夢的容顏。原因就在於，做過的夢，只有從彼岸世界，從明媚的白天那裡，才能透過冷靜的回憶再被述及。而這個彼岸只有透過一種濯洗才能抵達，它與洗漱相類，又迥然相異──它從胃中通過。空腹說夢，就好似睡醒之後的夢囈。

---

1 民間傳說：「不要在一大早就空著肚子講噩夢，否則它將得到應驗。」例證可參見阿道夫・武特克（Adolf Wuttke）：《當代德國民間迷信》第三版，頁二二九，柏林，維甘德與格里本出版社，一八九○。

一一三號 [1]
NR. 113

那蘊有形態的光陰，

在夢的屋簷下荏苒。[2]

半地下層

　　我們早已把禮儀忘之腦後。在禮儀的下方，是曾經搭建我們生命之屋的地方。但倘使禮儀遭到了攻擊，被敵人的一發發炮彈命中，那麼，地基裡那些稀奇古怪、朽爛不堪的上古文物，哪一件不會大白於天下呢！還有什麼不是被深埋於咒語之中，全部被獻祭了的呢！下面的古董陳列室是多麼地陰森恐怖呵，那裡為最平庸乏味的物品配備的，是最深不可測的巷井！在一個絕望的夜裡，我夢見自己和

求學時代的第一個夥伴在一起。我和他已經幾十年沒有往來，這段時間裡也幾乎不曾記起過他，但夢裡我們卻熱切重溫了昔日的友誼和兄弟般的情誼。夢醒，我才恍然大悟：絕望就像一枚炸彈，它掀開的，正是這個男孩開始腐爛的屍體。他被埋嵌在牆內，以警示世人：無論是誰在這裡住下，都絲毫不該像他一樣。

前廳

　　拜訪歌德府邸[3]。我記不清在夢裡看到過什麼房間，只記得那是一條粉刷過的走廊，跟在學校裡面的一樣。有兩位上了年紀的英國女遊客和一名男管理員，他們都只是夢裡的次要人物。那位管理員請我們在遊客簿上登記，它在走廊盡頭的窗臺上，攤開擺放著。我走過去，翻閱中發現我的名字已赫然登記[4]在冊，是大大的、笨拙的、小孩子的筆跡。

餐廳

　　夢裡，我發現自己出現在歌德的工作室，這間

與他在威瑪的那間相去甚遠。最主要的是它非常小，窗戶也只有一扇。書桌的橫頭靠著窗對面的牆，已屆耄耋之年的詩人仍在伏案寫作。我站在一旁，他停下筆來，把一隻小花瓶——一件上古時期的器皿作為禮物贈予我。我把它拿在手裡左右賞玩。屋裡酷熱難耐。歌德站起來，和我一起走進隔壁的房間，長長的餐桌上已經為我的親戚們都擺好了餐具。可它看起來像是為更多的人準備的，也許把祖先們也算了進去。在餐桌右邊的頂頭，我在歌德身邊坐下。宴席過後，他很吃力地起身，我做出手勢請求允許我攙扶他。在觸碰到他胳膊肘的那一刻，我激動得哭了起來。

---

1 十八世紀末到十九世紀初，巴黎皇家宮殿的地下室一一一三號是一家以賭博及賣淫業聞名的賭場。一七七三年，皇家宮殿拱廊在奧爾良公爵菲利普的指揮下修建而成，它成了後來拱廊建築的前身。在《拱廊街計畫》中，「一一三號」也在該意義關聯下出現。

2 這是班雅明的十四行詩 [Nr.42]（參見《華特‧班雅明文集》第七卷第一部，羅爾夫‧蒂德曼、赫爾曼‧施韋彭霍伊澤編，頁四十八，緬因河畔法蘭克福，蘇爾坎普出版社）的前兩句詩行，該詩與班雅明的其他十四行詩一樣，在其生前均未公

開發表。

3 班雅明在一九一〇年七月三十一日寫給赫伯特·布盧門塔爾的信中第一次提到威瑪。一九一四年六月，班雅明在威瑪召開的第十四屆自由學生大會上做過公開講演。但尚不明確的是，班雅明在寫就這篇文章之前，是否以及何時參觀過這座自一八八六年起就作為博物館向公眾開放的歌德府邸。

4 譯注：登記（verzeichnen）一詞雙關，既指「登記、寫下」，又指「畫壞、畫走樣」。所以此處既指（名字）被寫下，又指（名字）被畫得歪歪扭扭而走樣。

致男人們
FÜR MÄNNER

縱欲則寡育。[1]

---

1 譯注：這是全書最短的一篇。德語原文為 Überzeugen ist unfruchtbar. 初看，似為「勉力勸說是毫無成效的」。已有譯本中，李世勳、王湧、張耀平、陶林等譯者的翻譯基本一致，但譯者對此有不同見解，不同之處就在於對「Überzeugen」的釋義和對散落四處的篇章之間暗藏的主題關聯性的認識。首先，在這句話中，動詞直接大寫作名詞用。「überzeugen」作為不可分動詞意為「勸說」、「使確信」，但這裡可否將其解作「Über-Zeugen」呢？那麼由「über」（超出、過分）和「zeugen」（生殖、生育）推出該詞或可作「過度地生育」解。其次，該篇與〈駁不懂裝懂的偽雅士十三則〉及第一篇〈加油站〉有主題上的呼應和內容上的關聯，應與它們聯繫起來一同考察。「作品的男性特徵（Die Männlichkeit der Werke）在於進攻」和「在這樣的情況下，真正的文學活動就

不可能希冀在文學的框架內部進行——事實上，這正是文學活動貧瘠（Unfruchtbarkeit）的通常表現」這兩句都與〈致男人們〉篇有直接的語義關聯。由此，該篇的隱含文本呼之欲出：作家要想創作真正的傑作，就要謹記，在當前時代，短小精悍比長篇大論更富成效。（倘若）創作過度，（恐怕）成果寥寥。「Überzeugen」可以引申為「過度地生產」，而「unfruchtbar」則可從「不結果的」、「不生育的」引申為「毫無成果的」。翻譯中遭遇一語雙關的情況是最難處理的，因為從目標語中很難找到同譯出語一樣的意義結構，所以該篇或可暫時譯為：致男人們——縱欲則寡育。而第二層含義只好放在注解中詳細闡釋。

標準鐘
NORMALUHR

對偉大的作家而言，那些已經完成的作品，分量要輕於他們耗其一生，但終究沒有完成的斷簡殘篇。因為只有內心不夠強大、精神較為渙散的人，才會對最終的完成抱有無可比擬的意興，並借由每一次作品的完成而感到自己重獲新生。而降臨到天才身上的每一次重大轉折，命運給他的一次次沉重打擊，都像是溫柔的小憩一樣，不期然地降落到他勤奮工作的書房裡。他牽引著命運的神祕力量，繞場在他永不完結的作品裡。「天才就是勤奮。」[1]

---

1 這句習語的來源已不可考。一八八九年提奧多爾・馮塔納所

作的對句〈在畫家阿道夫‧門采爾的肖像下〉中出現了這句
習語：「才能，誰沒有？才華──給孩子們玩具。／只有認
真才能造就男人，只有勤奮才能成就天才。」

回來吧！一切都得到了原諒！[1]

KEHRE ZURÜCK! ALLES VERGEBEN!

　　就像做單槓大回環一樣，每個人在年少時都親手轉動過命運的輪盤，或早或晚，都會從這個運盤裡轉出他的頭彩。也就是說，我們早在十五歲時就已經熟悉或常常練習的事情，終有一天會成就我們的個人魅力。那麼，有一件事錯過就永遠無法再去嘗試，那就是沒有從父母身邊逃走過一次。過去的這麼多年就像是一份鹼溶液。曾經四十八小時的叛逃經歷就從這份溶液裡漸漸析出，凝成了他一生的幸福結晶。

---

1 這是一九一五年由馬克斯·馬克（Max Mack）導演的一部德語無聲電影的片名。班雅明是否看過該電影則不得而知。

配有豪華傢俱的十居室住宅

HOCHHERRSCHAFTLICH MÖBLIERTE
ZEHNZIMMERWOHNUNG

　　對十九世紀下半葉的家居風格[1]給予最充分描寫和分析的是一類偵探小說[2]。居室是這類小說中發生的恐怖故事的活躍中心。室內傢俱的擺設同時是致命陷阱的布局，成排的房間則規定了受害人的逃生路徑。偵探小說的這類形式恰好從愛倫・坡開始，可在當時幾乎不存在這樣的居室。這並不矛盾。因為偉大的詩人們無不在其後到來的時代裡編織想像，就像波特萊爾詩歌裡的巴黎街道在一九〇〇年以後才真正出現，而杜斯妥也夫斯基筆下的人物在之前也並不存在一樣。十九世紀六〇年代到九〇年代間，市民階層的居室陳設有巨大的餐櫥，上面滿布著幾乎溢出邊線的浮雕，不見陽光的角落裡擺放著棕櫚樹盆栽，陽臺後面是嚴陣以待的護欄，還有點燃的煤氣燈，火焰在幽長的走廊裡嘶嘶

作響——這裡只適合屍體居住。「在這張沙發上姑媽只可能被謀殺。」只有在屍體面前，死氣沉沉的奢華傢俱才稱得上是真正的舒適。在涉及東方的偵探小說裡，比景色描寫更引人入勝的是格調顯貴的東方居室內景：波斯地毯和沒有靠背的矮沙發，懸掛的罩燈和名貴的高加索短劍。在一塊厚重的、垂著褶襉的基里姆掛毯後面，男主人懷揣著有價證券飲酒作樂。他感覺自己既是東方國家的富賈，又是爾虞我詐的可汗國裡懶洋洋的帕夏，直到一個美妙的下午，胡床上那柄劍帶閃著銀光的利劍將他午睡和性命一併了結。這種有如淫蕩的老嫗渴盼情人一般，在瑟瑟發抖中等待無名凶手的市民居室的特徵，被一些作家深刻地洞穿。這些作家被冠以「偵探小說家」的稱號，與真正屬於他們的名譽失之交臂——因為在他們的作品中還揭露了資產階級魔窟的冰山一角。與此相關的是，柯南·道爾的一些單篇作品和女作家格林[3]的一部巨著都做出了這樣的披露，而卡斯頓·勒胡[4]則以一部《歌劇魅影》把這類文學體裁推向了神壇，那是描寫十九世紀的偉大小說之一。

1 班雅明這裡描述的關於居室的認識來源於自己成長的家庭。在他的遺物中有三幅與之對應的照片，由薩沙·斯通（Sasha Stone）拍攝。（參見班雅明檔案館編：《班雅明檔案》，頁二二四、二二五，緬因河畔法蘭克福，蘇爾坎普出版社，二〇〇六）有可能班雅明指的就是這幾張照片，也有可能這些照片是後來由斯通為這篇文章附上的。班雅明在其他地方也有過對居室的描寫，如一九三一年的《柏林紀事》：「充斥在這多間屋子——十二間或十四間——裡的家當到了今天簡直毫無違和感地匹配於最次等級的二手傢俱店。」一九二六年的《莫斯科日記》裡，班雅明對拉西斯的伴侶伯恩哈德·賴希所住的賓館房間有如下記述：「這是一間小布爾喬亞住宅，簡直不能想像哪間屋子比他的屋子更可怕了。只看一眼那到處都是的罩子、套子，配有軟墊的傢俱和窗簾就能讓你窒息……」

2 和他的幾個作家朋友（布洛赫、克拉考爾、布萊希特）一樣，班雅明自二十世紀二〇年代起也開始研究偵探小說這一類文體。在一九三五年的《拱廊街計畫》提綱中他寫道：「居住者也在居室內部留下了他們的蹤跡。追蹤這些痕跡的偵探故事便產生了。」

3 編注：安娜·凱瑟琳·格林（Anna Katharine Green，一八四六－一九三五），美國偵探小說家，作品以布局精密、情節緊湊著稱，有「偵探小說之母」的美譽。其首部小說《萊文沃思案》（The Leavenworth Case）推出後即成為當時的暢銷書，比柯南·道爾的《血字的研究》早了近十年。

4 編注：卡斯頓·勒胡（Gaston Leroux，一八六八－一九二七），法國記者暨偵探小說家，除《歌劇魅影》之外，代表作《黃色房間之謎》（Le mystère de la chambre jaune）也是最早的密室推理作品之一。

中國貨
CHINAWAREN

今天，任何人都不能再墨守所「能」；即興創作才見功力。所有的重拳都將用左手出擊。

一扇大門矗立在一條長長的山路盡頭，它朝下通向我每晚都去造訪的那個人的家。自從她搬走以後，那扇拱形門就像是一只耳朵，出現在我眼前，卻喪失了聽力。

一個小孩，穿著睡衣[1]，沒法說動她去向剛進門的客人問好。在場的大人站在道德的更高點上勸說她不必羞怯，卻白費力氣。幾分鐘後，她終於出現在客人面前，卻是一絲不掛。她不過是在這期間洗了個澡罷了。

從一條鄉間公路上走過和在它上空飛過，公路

所呈現的力量是不一樣的。同理，閱讀一段文字和
謄抄一段文字，文章所呈現的力量也是迥然相異
的。坐在飛機上的人[2]只能看到公路是如何吃力地
穿過風景，依循周圍地形的走向法則而延展自身。
只有走在這條路上的人才體會得到公路的統率之
威。在那對於飛行員來說不過是一片平展開來的地
面上，公路有如前線司令一般發號施令，用它走向
的每一個轉彎來指揮遠方、瞭望臺、林中空地和整
個的全景空間。如此，那被謄抄的文章指揮的就是
繕寫它的人的靈魂，而純粹的閱讀者則永遠都看不
到它內部不一樣的風景，他不會發現，作為一條公
路的文章是如何透過重重稠密的原始森林，開闢出
一片全新景象的。因為，閱讀者聽憑自己的內心在
幻想的自由空氣裡悸動，而繕寫者則讓那條道路來
調遣自己。所以，中國謄抄書籍的實踐就這樣無與
倫比地保全了文學文化，而繕寫就是一把解開謎一
樣的中國的鑰匙。

---

1 阿西婭・拉西斯記敘了她的女兒和班雅明：「在《單行道》

裡，他講述了這樣一個小女孩：她因為還沒有洗澡而拒絕問候客人，但洗過澡後，她卻一絲不掛地走進房間向客人問好。她就是達佳。」（阿西婭・拉西斯：《職業革命家──關於無產階級戲劇、邁爾霍爾德、布萊希特、班雅明和畢卡索的報告》，頁五十六，慕尼黑，羅格納與伯恩哈德出版社，一九七六。）

2 班雅明於一九二七年六月二十四日在科西嘉島的阿雅丘給朔勒姆寫信說，他中午將飛往昂蒂布（華特・班雅明：《書信集》第三卷，克里斯托夫・格德、亨利・洛尼茨編，頁二六八，緬因河畔法蘭克福，蘇爾坎普出版社，一九九七）。是否確有其事不得而知，但是班雅明見過航拍照片，相關提示可參照班雅明一九三六年〈繪畫與攝影〉的補充片段（見《華特・班雅明文集》第七卷第二部，羅爾夫・蒂德曼、赫爾曼・施韋彭霍伊澤編，頁八一五～八二二，緬因河畔法蘭克福，蘇爾坎普出版社。此處所指提示見頁八一七～八一八）。

手套

HANDSCHUHE

人對動物產生噁心感[1]時，占主導地位的感受
是害怕，怕在接觸動物的時候被它們認出來。在人
的內心深處，產生恐懼的是這樣一種朦朦朧朧的意
識：在人的身上或許潛在某種東西，惹人生厭的動
物對這種東西並不陌生，還能把它辨認出來。所有
噁心感的產生都可以溯源到對碰觸的嫌惡。而人對
此的控制，也只有憑藉肢體猛然一抽的過激動作，
才會全當不存在似的超越這種感覺。那令人噁心的
因素被緊緊地裹挾、食盡，而對碰觸最敏感的表皮
區域仍不失為一塊禁區。唯其如此，才能滿足那頗
具悖論色彩的道德要求：人既要克服噁心感，又要
精心地培植起噁心感。人無法否認自己與一切造物

之間的動物性親緣關係。對於它們的呼喚，人用噁心作為回應：人必須使自己成為動物的主人。

---

1 「沒有任何一個人是擺脫了噁心感的；只有一點是可能的，那就是到目前為止，你在生活中還沒有碰到過能引起你噁心的景象、氣息、味道或其他的感覺印象。如果你很瞭解噁心感的話，由動物激起的噁心感是最為強烈的；對於每一個人來說，動物恰恰是能夠被領會的，可能就是一個微生物，一個只能在顯微鏡下觀察到的細菌。」（參見華特・班雅明：〈關於噁心的理論〉，見《華特・班雅明文集》第六卷，頁八十八。）

墨西哥使館

MEXIKANISCHE BOTSCHAFT

當我從一尊木雕像，一尊鍍金菩薩像，

或者一座墨西哥人的神像前走過，沒有一次不自言

自語說：

說不定這才是真神。

　　　　　　　　　　　——夏爾·波特萊爾

　　我夢見自己作為一名研究考察隊成員出現在墨西哥。穿過一片高高的原始森林後，我們來到了山中高出地面的一排山洞前。那裡有一個修會，從第一批傳教士起沿襲至今，僧侶們在當地人中間持續開展對他們傳教的工作。在中間的一座哥特式尖頂的巨大山洞裡，人們正按照最古老的儀式舉行禮

拜。走近前，我們得以目睹它的高潮部分：面對岩壁上一處高高在上的聖父半身木雕像，一名傳教士舉起一尊墨西哥神像。這時，聖父的頭從右向左搖了三次，表示否定。

致公衆：請呵護這片綠地

DIESE ANPFLANZUNGEN SIND DEM SCHUTZE DES
PUBLIKUMS EMPFOHLEN

被「解決」[1]的是什麼？過往生活的所有問題，難道不像被砍倒在地的樹木一樣被連枝帶葉地留在後面，把我們的視線都遮擋住了嗎？我們幾乎從未想過將它連根拔起，哪怕只是讓它更稀疏一些。我們只是繼續向前走，任它留在身後；從遠處看，儘管一覽無遺，但卻模模糊糊，影影綽綽，因而枝葉便更加神祕地纏繞在了一起。

評論和翻譯[2]，它們與文章的關係就有如風格和摹仿（Mimesis）與自然之間的關係：是不同觀察方法下的相同現象。在神聖的文章之樹上，評論和翻譯不過是永遠都在沙沙作響的樹葉；而在世俗的文章之樹上，兩者都是應時落地的果實。

戀愛中的男人[3]不僅僅迷戀愛人的「缺點」，

也不單單痴迷她的怪脾氣和小毛病。女人臉上的皺紋、色斑、穿舊的衣服和走路時略顯傾斜的姿態，都比任何一種美麗更持久、更無情地吸引著他。人們早就明白這一點了。可這是為什麼？一條教義是這麼說的：感受並不巢居在腦子裡；我們對一扇窗、一朵雲和一棵樹的體驗不是在大腦裡，而是在我們看到它們的地方萌生。倘若此言不虛，那我們也是在向愛人投去的那一抹視線中才陶然忘我的，可這卻是令人備感折磨的緊張和狂喜。感受就像是一隻隻神魂顛倒的鳥兒，蹁躚在女人耀熠的光輝下。也正像鳥兒在枝葉繁茂的隱蔽處尋求庇護一樣，感受遁入到愛人的皺紋深處、平淡無奇的動作和毫不起眼的瑕疵裡去，非常安全地蜷縮在角落裡。沒有一個過路者會猜到，恰恰是在這裡，在這不夠完美、有可指摘的地方，巢居著一位愛慕者迅如箭般的愛情衝動。

---

1 班雅明把「解決」一詞用引號標注，可能是對路德維希·維根斯坦《邏輯哲學論》前言的影射：「因此我認為，問題從根本上已獲致最終的解決。」班雅明在一九三九年給霍克

海默的一封信中曾提及維根斯坦（參見《華特·班雅明文集》第六卷，頁二六三）。班雅明極有可能在《邏輯哲學論》問世後不久就對該書有過研讀，因為從二十世紀二〇年代初開始，班雅明就在為關於「語言與邏輯」的教授資格論文進行文獻的搜集和考察，並且在大學時代就認識了《自然哲學年鑒》的主編威廉·奧斯特瓦爾德，維根斯坦的著作正是在該期刊付梓（參見德特勒夫·舍特克爾：《班雅明讀維根斯坦——論實證主義之爭的語言哲學前史》，見丹尼爾·魏德納、西格麗德·魏格爾編：《班雅明研究（一）》，頁九十一～一〇五，慕尼黑，威漢姆芬克出版社，二〇〇八）。

2 班雅明關於評論的論述可參見《評歌德的〈親和力〉》的開篇部分。其中寫道：「批評所探尋的是藝術作品的真理內涵，而評論所探尋的是其實在內涵。」班雅明關於翻譯的思想可參見《夏爾·波特萊爾：巴黎風光》的前言〈翻譯者的任務〉，其中寫道：「翻譯是一種形式。要把它理解為一種形式，我們必須回溯到原作，因為控制譯文的法則在原作之內，包含在原作的可譯性問題之內。」

3 在一九二六年十二月九日《莫斯科日記》裡，班雅明談到阿西婭·拉西斯：「在她臨行前，我為她誦讀《單行道》裡描寫皺紋的那處段落。」（《華特·班雅明文集》第六卷，頁二九七）

建築工地
BAUSTELLE

　　絞盡腦汁地思考怎麼製作出符合兒童興趣的物品——直觀教具、玩具或是讀物之類——是非常愚蠢的。自啟蒙運動以降，這種過分認真的思索就是教育家們最迂腐的空想活動之一。唯心理學是親，這讓他們難以覺察到，世界上滿是吸引小孩子目光、可供動手練習的無與倫比的玩物，這些是最為實在的一些東西。因為孩子們自有一套獨特的方式，喜歡接近明顯看來正在生產東西的各種地方；他們感到自己被建築、園藝、家務勞作以及縫紉和木匠活產生出的碎料深深地吸引。從這些廢棄的邊角料中，他們認出物的世界直接面向他們，並且是單獨為他們展現的面孔。他們所做的不是模仿大人

的成品，而是像在做遊戲時那樣，拼接材質完全不同的材料，以一種全新的、極具跳躍性的關係把它們組合到一起。由此，孩子們便在一個大的物質世界裡創造了一個小的世界，一個屬於他們自己的物質世界。如果人們決意想為孩子們做點什麼，但又不願讓自己所做出的一切努力（為小物質世界製作的道具、工具等），不過是找到了一條通向他們自己的道路，那麼就必須把這個小物質世界的準則放在心上。

內政部

MINISTERIUM DES INNERN

　　一個人越是敵視留存下來的東西，就越是會讓自己的個人生活恪守他願意為未來社會的立法者倡議的軌範。也就是說，那些還不曾在哪裡實現過的規約，好像使他擔負起了某種責任：至少在他個人的生活圈子裡，他理應為之做出表率。而另一種人，他懂得與自己所屬的階級或民族最古老的傳統保持一致，但有時，也會故意將自己的個人生活與他在公開場合嚴加恪守的準則表現得兩相違異；私下裡，他非常欣賞自己的所作所為，認為自己的行動才最有力地證明了他奉為圭臬的準則的無可撼動的權威，並且不帶有絲毫良心上的不安。無政府社會主義政治家和保守政治家的兩種不同類型[1]就這

樣區分開來。

---

1 一九二〇年，班雅明寫下一篇題為《真正的政治家》的論文，
　　但已散佚。

旗子——
FLAGGE ——

　　離去的人是多麼更加容易地被愛上啊！因為在船舶或是火車車窗外匆匆飄過的那條布幔，催化了人們心中為遠行的人燃起的火焰。它燃燒得更為純粹。而距離則像染料一般，漸漸地浸染離開者的心田，有如一團溫和的炭火，溫暖了他的全身。

——降半旗
—— AUF HALBMAST

　　如果我們身邊一個很親近的人去世了，那麼在
接下來的幾個月裡，我們會從一些事情中發現——
儘管我們非常願意與他分享這些事情：只有當他遠
離我們的時候，事情才會有所進展。我們最終向他
致以問候，卻是以他不再能夠明白的語言。

帝國全景[1]

KAISER PANORAMA

對德國通貨膨脹的巡視

I. 德國人由愚蠢和膽怯牢牢焊錮而成的生活方
    式，每天都在一些慣用語中暴露無遺，其中一
    句關於大難臨頭的習語——「事情不會再這樣
    繼續下去」[2]——尤其值得深思。一味地固守以
    往幾十年形成的安全和財產觀念，阻礙了普通
    民眾對一種新穩定性的覺察。這種穩定性正構
    成當前局勢的基礎，值得高度關注。他們受益
    於戰前的相對穩定，認為必須把所有造成財產
    損失的形勢都判作不穩定的形勢。然而，穩定
    的狀態大可不必是令人愉悅的。早在戰前，就
    已經出現了某些階層，對於他們來說，穩定的

狀態就是穩定的貧困。相較於上升，衰落的穩定性並不比它差，衰落的神奇也並不亞於它。只有承認衰落是當前形勢的唯一道理（ratio），人才能擺脫面對日復一日的相同狀況而產生的令人倦怠的困惑，並轉向一種期待，從心理上準備好把衰落的景象看成是不折不扣的穩定，把拯救視作為接近於神奇和不可思議邊緣的非常之法。中歐的民眾群體就像是生活在一座被圍困的城市裡的居民，彈盡糧絕，按常理推測，等待援救也幾乎無望。到了必須最嚴正地考慮交城投降的地步了，甚至是無條件投降。可是，中歐能感覺到卻看不見也聽不到的那股對峙力量卻毫無協商的動向。所以，人們只能從企盼最後猛攻的望眼欲穿中，把目光投向虛無（nichts），把虛無作為唯一還能蘊含拯救之道的非常之事，除此之外別無他法。這種毫不抱怨的專注狀態可能真的會召喚奇跡，因為我們正與圍困我們的力量處在一種神祕的關聯下。相反，如果懷著**事情不會再這樣繼續下去**的期望，那麼終有一天會得到教訓：就個人與集體

所蒙受的苦難而言,只有一條界線,一旦越過了它,**事情就不會再繼續下去了**。這條界線就是:毀滅。

II. 一個奇怪的悖論:如今,人們在做事時只懷有狹隘的一己私心,卻在行為上比過去任何時候都更受群體本能的支配。比之過去,群體本能在今天已經變得錯亂不堪,與生命感覺相去甚遠。如果說動物具有某種不為人知的衝動,正如無數逸事所描述的那樣,能夠在迫近的危險尚未顯露凶相時就找到成功閃避的道路,那麼在這點上,這個人人只關心自己那一點微小利益的社會,有著動物的渾渾噩噩卻缺乏動物那隱隱約約的意識的社會,卻像盲目的群體一樣跌入每一個危險當中,甚至就是近在咫尺的危險。個人目的的差異性在決定性力量的同一性面前變得無關緊要了。事實一遍又一遍地證明,人們是如此頑固地因循他們習以為常但實際早已失效的生活,以致在面臨最可怕的險境時,都喪失了那本該屬於人的、運用理智和預見的能力。所以,整個社會就形成這樣一種魯

鈍的景象：猶疑不決，求生本能扭曲，無能為力，乃至理智的衰退。這就是德國市民的整體精神狀態。

III. 所有親密的人際關係都被一種透徹的明晰性所揭穿，一切人際關係在其中都難以招架。因為，金錢一方面以毀滅性的方式占據了全部生活旨趣的核心；另一方面又作為一排柵欄，令幾乎所有的人際關係都在它面前失效。所以，無論是在自然的行為中，還是在道德的行為中，不假思索的信任以及安寧和健康也越來越消失得無影無蹤。

IV. 人們總是習慣於說「赤裸的」貧困，這並非沒有道理。在生存底線的法則下，展示貧困已經開始成為社會風氣，而展露出的冰山一角也不過是下方潛藏的巨大苦難的千分之一而已。在如此的展示中，最具災難性後果的，既不是在旁觀者身上喚起的憐憫，也不是與其同樣可怕的冷漠，而是他的恥辱感。生活在這樣一座德國大城市裡是毫無希望的：飢餓迫使最不幸的人依靠過路者的鈔票過活，而過路者要用這些

鈔票來掩蓋使自己難堪的裸露狀態。

V. 「貧窮並不可恥。」[3] 多麼堂皇。但是他們卻讓窮人一再蒙羞。他們一邊這樣做，一邊卻用這句諺語寬慰窮人。那些曾經令人信服的諺語，與這句一樣，早就到了該作廢的時候，就像那句冷酷的「不勞動者不得食」。隨著人賴以謀生的勞作現世，貧窮就與之俱在。如果貧窮是因為遭遇荒年之類的天災，那它並不可恥。可是今天，數百萬人生來受窮，無數人由富變貧，被捲入貧困，這樣的貧窮就是恥辱了。骯髒和困苦就像被無形的雙手築起的圍牆，高高地堆起，把窮人圍困其間。無論一個人多麼地能忍辱負重，只要他的妻子眼看他在受苦，跟著他忍飢受窮，他就會羞愧難當。所以只要還是獨自一人，或者可以一個人掩蓋一切，人就可以一再地忍受下去。可是，如果貧窮還像巨大的黑影一樣壓在他的同胞和家庭之上，他就絕對不能跟貧窮講和。他必須對任何加諸自己的屈辱保持清醒的感知，並鞭策自己，直到他的受難所開闢出來的不再是一條下傾的悲苦

之路，而是一條向上的反抗之途。然而如果媒體還在每天、甚至每時每刻都喋喋不休地談論命運——一次次嚴酷、黝黯的命運——加之以各種表面上的前因後果，卻無助於人們識破操控他們生活的黑暗力量的話，那還談何希望？

VI. 對於一個在德國做過短期逗留、只從表面觀察德國人生活方式的外國人來說，德國人的怪異不亞於充滿異域色彩的外族。一位睿智的法國人曾經說過[4]：「德國人對自己極少有明白的時候，即使有一天明白了了，也不會講；即便講，也不會講得讓人明白。」戰爭擴大了這種無望消除的隔閡，但這並不僅僅是因為被報導的德國人所犯下的或真實或傳說中的暴行；最終造成德國在其他歐洲人眼裡的怪異，從根本上使歐洲人覺得與德國人相處就像是在和霍屯督人[5]打交道（這種說法非常恰當）的原因，是外人根本無法理解而被控制者自己又完全意識不到的那種暴力。在今天這個舞臺上，環境、貧困、愚昧，再加上這種暴力，使人們臣服於集體的力量，就像原始人的生活受制於氏族法規

一樣。在歐洲人的所有財富中，最具特色的就是那或明或暗的諷刺，個體正是需要憑藉這種諷刺，使自己得以尋求一種有悖於自己所在集體的生活方式，而德國人已經完全喪失了這種財富。

VII. 談話的自由正在消失。如果說過去人們在交談時，關心對方是自然而然的事，那麼在今天，對對方鞋子和雨傘價格的關心已經取代了對他本人的關切。生活狀況和金錢的話題不可避免地滲透進每一場閒聊中。事實上，人們之間的談話既不關乎個人的疾苦（以便在可能的情況下伸手相幫），也無關於對整體形勢的考察。人們就好像被關在了劇院裡，不管願不願意，都只能跟著舞臺上的劇情走；不管願不願意，不斷思考和談論的對象都只能是那正在上演的劇碼。

VIII. 任何人只要對今天的衰落有所察覺，都會立即轉而為他在這混亂的世道中，廁身其間又營營役役的生活做一番專門的辯解。對於社會的普遍崩潰，提出的說法已經數不勝數；在人們自

己的活動領域、居住地點或某個時刻裡，被認為是諸多的例外在發生。有這樣一種盲目的意志正大行其道：寧可從個人生存中挽回些名聲，也不願意對軟弱無力又被無辜裹挾的個體存在做出一番獨立的評估，使其至少遠離背後普遍蒙蔽的背景。這就是為什麼人們在今天大談各種生存理論和世界觀，為什麼這些學說在這片土地上是如此甚囂塵上，因為它們最終幾乎只是在完全一地雞毛的私人境遇上起效。出於同樣的原因，今天也到處飄散著各種海市蜃樓般的幻象，彷彿無論如何，未來文化的繁榮會在一夜之間突如其來，因為每個人都基於各自孤立的視角而必然產生視錯覺。

IX. 簇擁在這個國度裡的人們已經不再認得常人的模樣，在他們眼裡，每個自由的人都是不正常的。想像一下群山矗立的阿爾卑斯山脈吧，如果沒有天空的映襯，而是在層層疊疊的黑色帷幕下，那雄偉的山形也只會顯得模糊不清。德國的天空就像這樣被蒙上了一塊沉重的幕布，我們就連最偉大人物的側影都看不清了。

X. 溫暖的感覺正從物品當中消退。日用品在拒斥人們，不動聲色，但卻決絕。總之，人每天都不得不耗費大量的精力，來克服物品對人實施的隱祕抗拒——抗拒不僅僅有公開的方式。為了不至於被凍僵，人必須用自己的溫度去彌補物品的寒意；為了不至於流血受傷，人必須極其靈巧地與它們的芒刺周旋。我們不應期待會從旁人那裡得到什麼幫助。公車檢票員、公務員、工匠和售貨員——他們都感到自己是某種拒不順從之物的代言人，不遺餘力地用自己的粗暴來展現物品的危險。物緊隨著人的墮落，用自身的蛻化來責罰人類，甚至就連國家，也全力以赴地參與進來。它像那些物品一樣把人消耗得精疲力竭。還有那久久不至的德國之春，不過是德國正在變得腐爛的自然環境中，無數相似現象中的一種罷了。在這種環境裡生活，就彷彿突然間打破了一切自然法則，每個人都感受到了自己承受的大氣壓力。

XI. 每一次人類活動的展開，無論是出於精神的推動還是自然的衝動，周圍環境都會發出全力抵

抗的宣告。房屋短缺和交通管控在徹底消滅歐洲自由的基本象徵——遷徙自由。甚至在中世紀，這種自由就以某些形式存在。如果說在那時，人是不得已被束縛在自然的紐帶之中，那麼在今天，人就是被拴到了非自然的共同利益鏈條之上。沒有什麼比扼殺遷徙自由更能增強蔓延開來的遷徙衝動所具有的毀滅性力量了；在遷徙自由和豐富多樣的交通方式之間，也從未產生過如此畸形的失衡關係。

XII. 城市和所有的事物一樣，在無法抵禦的雜糅與汙染過程中喪失了其本質表達；在本真的位置上，取而代之的是模稜兩可。大城市具有無與倫比的安撫人心和使人認同的力量，正是這種力量把勞作的人們圈在一座和平的城堡裡，並借助視野裡的天際線，抽離掉了人本來一向活躍的關於自然力的意識。如今的大城市卻無處不被湧入的鄉村所衝破，但不是被鄉間的風景，而是被那些對於自由自在的大自然來說萬分痛苦的事物，比如耕作過的土地、鄉間公路和那不再被閃爍的霓虹所呵護的夜空。即使是

在繁華地段，這裡的不安全感仍然讓城裡人完全陷入一種無法看透的可怕境地：面對這塊變得孤零零的平地，他不堪其苦，不得不忍受這些城市建築學的怪胎。

XIII. 那種不論面對富有或貧窮都保持冷漠的高貴姿態，在被製造出來的物品身上已經蕩然無存。每一件物品都為它的擁有者貼上了標籤。擁有物品的人只能選擇要麼以貧窮的可憐蟲，要麼以黑市投機商的身分出現。因為，如果說真正的奢華滲透著才智與交際的要素，這些要素能使人不再關注奢華本身，那麼在這裡，奢侈品就是在肆無忌憚地炫示它毫無廉恥的粗野，以至於每一道精神的鋒芒都在它的面前折戟沉沙。

XIV. 許多民族最古老的習俗似乎都在警示我們：在接受大自然豐厚的恩賜時，要謹防貪得無厭的姿態。因為我們自己拿不出任何東西回贈大地母親，所以理應在領受時有所敬畏，在把東西據為己有之前，應該從時常領受的物品中取出一部分作為奉還。古老的祭酒風俗表現的就是這種敬畏。也許，禁止撿拾遺落的麥穗和掉

落的葡萄，就是在以另一種方式承襲這種習俗
的遠古經驗，因為這些遺落的麥穗和掉落的葡
萄會給大地，以及澤被後人的先人們再送去惠
澤。雅典有個習俗，吃飯時不許撿起掉下的麵
包屑，因為它們屬於神。——如果有一天，社
會因饑饉和貪婪而退化到只能掠奪性地向大自
然索取恩賜，為了謀取更高的銷售利潤，未及
果實成熟就將其搶摘，為了果腹，把每一隻碗
都舔得一乾二淨，那麼，大地會變得貧瘠無力，
良田也會顆粒難收。

---

1 全景幻燈（編注：Kaiserpanorama 或 Kaiser-Panorama）為一
種可視的大眾媒體，也是電影的前身，一八八〇年開設於柏
林皇家拱廊內，一九三九年關閉。在歐洲約有兩百五十家全
景幻燈放映廳。觀眾圍繞著一間開有二十四個可視視窗的圓
形小室落座，可以看到展示世界各地風景與新聞的立體畫面，
每幅圖片從一個座位到下一個座位順次循環播放。班雅明在
《柏林童年》中曾用一個段落描繪全景幻燈。

2 班雅明在《拱廊街計畫》中寫道：「進步的概念必須奠基於
災難的觀念。『這樣繼續下去』的，是災難。」（參見《華特·
班雅明文集》第五卷第一部，頁五九二。）

3 一句諺語式的成語，其來源已不可考。「貧窮並不可恥，惡
習使人蒙羞」，這句表述及其更多的引文出處參見卡爾·弗

里德里希·威廉·萬德編著：《德語諺語詞典》第一卷，頁一四二，第一一六條，奧古斯堡，世景出版社，一九八七。

4 原話出處已不可考，班雅明是否讀過或聽到過這句表述也不得而知。班雅明在一九三〇年的廣播演說〈巴黎名流〉中對話法國作家，對其中的幾位給予「睿智」的讚譽。（參見《華特·班雅明文集》第七卷第一部，頁二七九～二八六。）

5 譯注：生活在非洲南部的種族，自稱「科伊科伊人」，意即「人中人」或「真正的人」。十七世紀被歐洲殖民者入侵後被施行種族滅絕和同化政策。

地下挖掘工作
TIEFBAU-ARBEITEN

　　我夢見一塊荒蕪之地。那是威瑪的集市廣場，正在進行挖掘工作。我也在沙子裡挖掘。這時一座教堂的塔尖露出來了。我高興地想：是前泛靈論時代的墨西哥神殿，Anaquivitzli。我笑著從夢中醒來。

　　（Ana= 上面；vi= 爭奪；witz[1]= 墨西哥教堂 [!]）

---

1 譯注：機語，話的要點或核心。

爲過分挑剔的貴婦服務的理髮師

COIFFEUR FÜR PENIBLE DAMEN

　　應該在某個清晨，不由分說地把住在選帝侯大道的三千名媛和王公貴族們從床上逮捕[1]，拘留二十四小時。到子夜時分，分發給每個牢房一張有關死刑[2]的調查表，要求作為簽署者的他們表態：在給定情況下，個人願意接受哪一種處決方式。這些平日裡只習慣於在未被問及的情況下「憑良心」發表意見的人們，必須在監視下「盡己所知」[3]地填寫問卷。在昔日屬於聖靈、但在此地卻屬於劊子手的翌日黎明前，死刑的問題終於得到澄清。

---

1 班雅明有可能指涉的是一九二五年出版的卡夫卡的遺著之一、長篇小說《審判》。小說開篇寫道：「一定是有人誣

陷了約瑟夫‧K，因為他沒幹什麼壞事，卻在一天清晨被捕了。……，『您是誰？』K問道，一下子從床上半坐起身來。」班雅明自一九二五年以來就研究卡夫卡的作品；其中，正如他所寫的那樣，也包括卡夫卡的遺著（《書信集》第三卷，頁六十四）。班雅明在一九二七年十一月十八日給朔勒姆的一封信中說：「《單行道》馬上就要完工了。……我的寶庫裡有療癒天使卡夫卡。現在我正在拜讀《審判》。」（《書信集》第三卷，頁三〇一、三〇三。）

2 西歐的許多國家在十九世紀下半葉就已廢除死刑，但在一八七一年的德意志帝國，死刑卻被納入刑法法典（死刑的適用僅限於謀殺罪）。在威瑪共和國時期，廢除死刑的訴求被再一次提出，然而德國社會民主黨在一九二七年的提案卻被國民議會否決。

3 譯注：nach bestem Wissen und Gewissen 是一個德語慣用法，意為「如實地、毫不隱瞞地」。在這裡班雅明卻把它拆分開來，即 nach bestem Wissen（以最好的知識）和 nach bestem Gewissen（以最好的良知）。

小心臺階！

ACHTUNG STUFEN!

　　創作一篇好的散文要登上三級臺階：一級是音樂的臺階，作品被譜出曲調；一級是建築的臺階，作品被構建起來；最後是紡織的[1]臺階，作品被編織而成。

---

1 戈特弗里德・森佩爾（譯注：Gottfried Semper，一八〇三―一八七九，德國建築師，建築理論家）在論文《建築四元素》（一八五一）中表示，建築有種「紡織的」特徵，因為它是透過最初由材料組成的圍牆建構而成的。森佩爾的穿衣理論對建築、藝術以及文化理論都產生了深遠的影響。一八六〇年他未完成的代表作的第一部分得以出版，題名為《紡織的藝術，對其自身及其與建築藝術之關係的考察》。

宣誓就職的審計員 [1]

VEREIDIGTER BUCHERREVISOR

正像這個時代完全處在文藝復興的相對姿勢 [2] 上一樣，它還尤其與發明活字印刷術的時期截然相立。因為無論是否出於巧合，活字印刷術在德國的出現，正值那部在語言上具有顯赫意義、經由路德翻譯的書中之書 [3] 成為民族財富的時候。今天一切跡象都表明，書籍的這種傳統形式已經走向沒落。馬拉美從他顯然屬於傳統寫作的結晶式結構裡看到了未來寫作的真正圖景，在《骰子一擲永遠消除不了偶然》中，他首次借用廣告的圖形張力加工文字形象。此後的達達主義者繼續跟進文字試驗，他們不是從結構，而是從文學工匠精準的神經反應出發 —— 正因如此，他們遠不如

馬拉美源自內在文風的試驗更經得起時間的考驗。但他們的嘗試仍然讓人們意識到馬拉美的文字在當代的現實意義，它具有絕對鎖閉的單子性質，並且與今天經濟、技術和公共生活領域裡發生的重大事件保持著前定和諧的關係。文字曾在印刷書籍裡找到了庇護所，並在那裡保持了它自律的存在，而今卻被廣告無情地拉出來，拖到大街上，屈從於混亂經濟形勢下殘酷的他律性。這是對新的文字形式所實施的一次嚴格操練。如果說幾個世紀前，文字開始漸漸地躺下來，從豎式的銘文到斜面書桌上的手稿，直到最後在印刷書籍中臥床長眠，那麼今天，文字又開始慢慢地從靜躺中站起。報紙在今天就已經是豎著閱覽得多，平放閱讀得少。電影和廣告則迫使文字完全處於垂直立面上。一個現代人還沒等打開一本書，眼前就鋪天蓋地地飛來一團團相互掐架似的多彩多變的字體，以致他幾乎沒有機會沉浸在這本書的遠古寧靜當中。蝗蟲般的印刷文字已經遮蔽了被大城市居民奉為精神之光的太陽，而且這種遮蔽還將逐年增厚。商業生活的其他需求則走得更遠：索

引卡片帶來了三維文字的勝利，從而與最初形式是盧恩文字[4]或是結繩文字的三維特性形成了驚人的對照。（正如時下的學術生產模式所示，書籍在今天已經成為兩種不同的索引系統之間過時的中轉。因為所有重要的東西都可以在研究者的卡片盒裡找到，而對此研究的學者可將其再納入自己的索引卡片裡去。）但毋庸置疑，文字的發展不會被無限期地困縛在混亂運行的科學和商業提出的權力要求下；相反，由量變躍到質變的關鍵時刻正在來臨，書寫越來越深入地挺進到它煥然一新、偏離傳統的形象性圖形領域，將會豁然得到與自身匹配的合理內容。那些開始時像身處洪荒年代，未來將成為文字大師的詩人們，只有為自己開拓（無須做出太多揚棄）一片圖像文字結構，即統計性與技術性圖示結構的發生領域，才能參與到推動圖像文字的進程中來。隨著國際轉換字體的確立，詩人將重新樹立他們在民眾生活中的權威，在前方找到新的社會角色。與這個全新角色相比，所有更新文學修辭的抱負都將被證明不過是明日黃花般的舊夢。

1 譯注：審計員（Bücherrevisor），由 Bücher（複數，既指書籍，又指帳本、帳簿）和 Revisor（複查者，審閱者，校對員）合成構詞而來。所以標題同時又為語言遊戲，意在表達對 Bücher（書籍）的重新審視。

2 譯注：相對姿勢（Kontrapost），指藝術雕塑中的相對姿勢，如雕像一條腿放鬆、一條腿支持身體重心，或一肩高聳、一肩下沉的姿勢。

3 譯注：書中之書指《聖經》。

4 譯注：一類已滅絕的字母文字，在中世紀的歐洲用來書寫某些北歐日爾曼語族的語言，隨著基督教傳入北歐，該文字逐漸被拉丁文取代。

教輔工具書

LEHRMITTEL

長篇巨著的寫作原則[1]，或把書做厚的技藝

I. 對謀篇布局的贅述必須持續不斷地穿插在整個寫作過程當中。

II. 概念術語，如果只在定義裡出現了一次而未在全書的其他地方出現，就必須對其加以引介。

III. 正文裡辛辛苦苦辨明的概念之間的區別，要在相關的注釋裡把它們再度抹去。

IV. 僅在一般意義上討論某個概念時，必須給出相應的例子。比如談到機器，就要羅列出機器的所有種類。

V. 所有關於某個對象的先驗知識，都必須透過大量的例證來證實。

VI. 能夠用圖示展現的關係一定要用文字闡明。也就是說，應當描寫和闡述所有的親緣關係，而不是用樹狀圖把它們繪製出來。

VII. 對持有相同論據的不同反對者，要逐一予以駁斥。

當今學者的平庸之作都希望像目錄索引那樣被人來讀。可是，我們什麼時候才能達到，真的像撰寫目錄索引一樣來著書呢？如果並不充分的內容以如此的方式湧現為外在的形式，一部非凡的作品就會產生出來：觀點的價值被一一編號，而觀點本身卻並不因此而被兜售。[2]

只有當打字機[3]在字體排印方面的結構精準性直接參與到了寫作的構思過程中時，才能讓文人的手離開他們的筆桿子。估計到那時，需要的是在字體造型方面具有可變性的新系統，這樣的系統能夠讓給予指令的手指動作取代迄今整隻手的活動。

一段依循格律構想的韻文，在一處獨特的位置把節奏打破，便可以造就所能想像到的最優美的散文。穿過牆壁上的小孔，一束光就這樣照射進了神

祕煉金術士的小屋，令晶體、球體和三角鐵都熠熠
發光。

---

1 朔勒姆在〈獲批准的哲學系教育詩〉中寫道：「塞納河畔有
  位鴻儒／正在思忖長篇巨著的寫作原則／倘若這樣的妙作問
  世／威廉・馮特的頭像就該掛立牆上。」
2 班雅明可能指涉的是維根斯坦《邏輯哲學論》中的十進制。
3 班雅明認識的作家中，也有其他人對凸版印刷的標準打字現
  象做過研究（見弗里德里希・基特勒：《留聲機，電影，打
  字機》，頁二七一～三七九，柏林，布林克曼與博澤出版社，
  一九八六），其中就有齊格弗里德・克拉考爾。一九二七年
  五月一日的《法蘭克福報》上登有他的文章〈我的小打字
  機〉。（見齊格弗里德・克拉考爾：《選集》第五卷第二冊，
  頁四十八～五十二，緬因河畔法蘭克福，蘇爾坎普出版社，
  一九九〇。）

德國人喝德國啤酒！[1]

DEUTSCHE TRINKT DEUTSCHES BIER!

　　受到對精神生活強烈憎恨的驅使，下層民眾透過報數找到了消滅精神生活的可靠方式。只要一有機會，他們就排行成列。無論是冒著敵人密集的炮火，還是向著百貨商店，他們都像行軍隊列一樣湧上前去。除了前面那個人的後背，誰都看不到更遠的前方，每個人都自豪於能這樣為身後的人做榜樣。幾百年了，男人們在戰場上早就熟稔於此，但是，將貧困像檢閱一般展示出來的隊列行進，卻是婦女們的發明。

---

1 該表述出自同時期的某廣告宣傳。一九二四年十月四日的《法蘭克福報》上，約瑟夫・羅特（Joseph Roth）發表的〈美國

化的電影〉一文中也提到了這句話。電影開場前打出的廣告語是：「從最名貴的利口酒開始，以一句酒勁十足的愛國宣言『德國人，喝德國啤酒吧！』結束。」（約瑟夫・羅特：《選集》第四卷，頁四八七～四九〇，科隆，基彭霍伊爾與維奇出版社，一九七六。此處表述見頁四八八。）

禁止張貼！

FUR MANNER

作家寫作技巧 [1] 十三則

I. 計畫動筆寫一部大書的人，要讓自己保持舒舒
服服的狀態。在完成了每日的定額工作後，不
要排斥那些不妨礙你繼續寫作的因素。

II. 儘管可以談論已經寫完的部分，但在寫作過
程中不要讀給別人聽，因為你由此獲得的每
一次滿足感都會減緩你的速度。恪守這一
條，你越發強烈的講述欲望終將成為推動作
品完成的馬達。

III. 工作環境要設法避免日常生活裡的平庸尺度。
那種半靜半吵、混合了嘈雜的無謂聲音，是不
尊重人的。相反，伴隨一段鋼琴曲或是工作時

發出的窸窣之響，倒是猶如人在深夜時感受到的寧靜一樣意義重大。如果說後者可以讓耳朵變得敏銳，那麼前者就是措辭的試金石，措辭之豐富，可以吞沒最邊緣處的聲波。

IV. 避免隨便地使用寫作工具。刻板地堅持使用特定的紙筆墨水是有好處的。這些文書工具，無須奢華，但須充足。

V. 不要讓你的任何想法匿名飄過，在筆記本上記錄你的思想要像當局使用登記簿登記外國人那樣嚴格。

VI. 讓你的筆在靈感面前矜持些，它自會有磁力把靈感吸到身邊來。你對某個想法的落筆越是謹慎，這一想法就越會以臻於成熟的樣態把自己交給你。言說征服思想，但文字統治思想。

VII. 永遠都不要因為沒有想法的造訪而停筆。只有當要守約（進餐或約會）時，或是作品完成之際，才可以中斷寫作。這是文學的榮譽所要求的。

VIII.工工整整地謄抄已完成的部分，以此來填補靈感的空白。在此期間，直覺會甦醒。

IX. 每天至少畫一筆——也可能會持續若干星期。

X. 不要把一部從沒有通宵達旦加工過的作品視為是完美的。

XI. 避免在你熟悉的書房寫結尾，在那裡你可能會找不到進入結尾的勇氣。

XII. 寫作的幾個階段[2]：思想—風格—文字。謄稿的意義在於，在謄抄時注意力更多地集中於筆體。思想扼殺靈感，風格捆縛思想，文字報償風格。

XIII. 作品是構思的死亡面具。[3]

駁不懂裝懂的偽雅士十三則 [4]

（偽雅士在藝術批評的私人辦公處。左邊，一幅兒童簡筆畫。右邊，一尊物神。偽雅士：「畢卡索[5]還是收起畫筆歇了吧。」）

I.	藝術家創作作品。	普通人用文獻表達。
II.	藝術品只是附帶地具有文獻功能。	任何一種文獻都不能充當這樣一部藝術品。
III.	藝術品是大師之作。	文獻是用於教誨的。

IV.	從藝術品中，藝術家習得技藝。	在文獻面前，觀眾受到教育。
V.	因為完美，每一件藝術品都相去甚遠。	從題材的角度看，文獻和文獻之間可以相互交流。
VI.	在藝術品中，內容與形式是一回事，叫作意涵。	在文獻中，題材支配一切。
VII.	意涵是經過考驗的。	題材是構想出來的。
VIII.	在藝術品中，材料是在觀賞時要拋開的包袱。	在一份文獻裡陷得越深，題材就變得越發稠密。
IX.	在藝術品中，形式原則是重中之重。	在文獻中，形式潰不成軍。
X.	藝術品是綜合的（synthetisch），是能量中心。	文獻要取得豐碩成果，講求的是分析（Analyse）。
XI.	藝術品在反覆的觀看中越發昇華。	文獻只有利用驚奇才能取勝。
XII.	作品的陽剛特點在於進攻。	文獻用無辜來掩蔽自己。

XIII.　藝術家強力攻占意　　原始人在題材築起
　　　涵的高地。　　　　　的工事後掩藏。

批評家技藝十三則 [6]

I.　批評家是文學戰場上的戰略家。

II.　不能選定立場的人應該保持沉默。

III.　批評家和闡釋以往藝術時代的人毫無共通之處。

IV.　批評必須用藝術家的語言說話。因為文藝圈裡的用語是口號，戰場上的吶喊只有變成口號才響亮。

V.　如果為之而戰的事業是值得的話，就必須始終為黨派性而犧牲「客觀性」。

VI.　批評是一件具有道德取向的事情。如果說歌德錯誤地判斷了賀德林[7]、克萊斯特[8]、貝多芬和讓・保羅[9]，那麼這與他的藝術理解無關，而與他的道德有關。

VII. 對於批評家來說，他的同行才是更高一級的評審，而不是公眾，更不是後人。

VIII.後人對於作家，或者遺忘或者給予讚譽，只有批評家才與之正面相向下斷語。

IX. 論戰就是用書裡的寥寥幾句話來毀滅一本書。這部書被人研讀得越少越好。會破壞的人才會批評。

X. 面對一本書時,真正的論戰表現是欣喜若狂的,有如食人生番在擺弄自己要吃的嬰兒。

XI. 批評家與藝術激情水火不容。藝術作品在批評家手上是一大武器,在思想戰場上閃著寒光。

XII. 簡言之,批評家的技藝就是創造口號的同時不背叛理念。不充分的批評口號則會把思想當作時尚販賣。

XIII. 公眾必須永遠被證明是錯的,要讓他們總是感到只有批評家才是他們的代言人。

---

1 班雅明自二十世紀二〇年代中期就熟悉瓦萊里(Paul Valéry)的作品,在一九三四年發表的〈法國作家當前的社會處境〉一文中,班雅明這樣評論瓦萊里:「他對寫作技術的深入考慮與其他任何人都不同。他所獲得的特殊地位似乎用這樣一句話就足以涵括,那就是,寫作對他來說首先是一門技術。」

2 關於寫作的幾個階段,班雅明在二十世紀二〇年代末的一份筆記中寫道:「思想與風格 —— 風格是有彈性的繩子,思想必須抓住這根繩,才能向文字的領域挺進。」

3 班雅明在一九二四年一月十日寫給弗洛倫斯·克利斯蒂安·

朗的信中說：「目前工作的全部情況啟發了我考察作品與最初的靈感之間的關係。這番考察讓我意識到，每一部完整的作品都是直覺的死亡面具。」

4 《柏林日報》上，該十三論題全由阿拉伯數字標注，並未排成兩列，而是透過破折號進行比對；破折號之後也不開始新的句子（譯注：意即句首不大寫）。對於這樣的排版，班雅明在一九二五年七月二十一日寫給朔勒姆的信中說：「今天來說說《柏林日報》上的那個片段。如此排版讓這些論題的打擊力大打折扣，因為它們本該分列兩欄，每欄文字一一對應，但又可以分別作為整體從頭讀到尾，尤其是第二欄。這件事情上最萬幸的是，我現在沒能送給你這張廢報紙。而且我更得想辦法收回它，因為〈論題〉只在《柏林日報》的晨早快訊版刊印，而在排印一週後我獲悉，這一版在柏林僅有為數不多的幾份出售。我已經仿照這種論題的方式為我將要出版的箴言書寫下了一些內容。」（譯注：該文最初登載於一九二五年七月十日發行的第三二二期《柏林日報》晨早快訊版。）

5 班雅明一九一七年起接觸巴勃羅·畢卡索的作品，並於此後多次提及。他的妻子朵拉曾翻譯文集《藝術家的自白》（保羅·韋斯特海姆編，柏林，柱廊出版社，一九二五）中的〈巴勃羅·畢卡索：一次訪談〉一文。該文主要圍繞藝術的基本問題展開，其中寫道：「自然和藝術是兩種不同的事物，不可能等同。」

6 班雅明的批評思想從撰寫博士論文《論德國浪漫派的藝術批評概念》起就開始醞釀，他曾在一九三〇年計畫為他若干文學短評的出版作序，擬題為〈批評家的任務〉。今天留存下來的一些片論與這些法則多有重疊。（參見《華特·班雅明文集》第六卷，頁一六一～一八〇。）（譯注：如〈文學批評綱要〉等）

7 編注：腓特烈‧賀德林（Friedrich Hölderlin，一七七〇一
一八四三），德國詩人、哲學家，德國浪漫主義的代表人物，
其詩歌也被視為是德國文學的巔峰之一。

8 編注：海因里希‧馮‧克萊斯特（Heinrich von Kleist，
一七七七一一八一一），德國劇作家、小說家、詩人，其戲
劇作品最受肯定。

9 譯注：讓‧保羅（Jean Paul，一七六三一一八二五），德
國詩人、小說家，在德語文學史上他的作品介於古典與浪漫
之間。

十三號

十三這個數——每當我碰上它，就有一種殘忍的
快感……

——馬塞爾·普魯斯特

一部帶毛邊的新書等待著與此前的書冊紅邊淌血一
樣的獻身：將一把刀或者一把裁紙刀插入書頁，實
施對書的占有。

——斯特凡·馬拉美

I.　書和妓女[1]都可以帶上床。

II.　書和妓女讓時間交錯。它／她們掌控著黑夜，
　　使之如同白晝，掌控著白天，使之如同夜晚。

III. 在書和妓女身上，沒有人能看出每分每秒對於它／她們有多珍貴。然而，倘若與它／她們融近一些，就會發現它／她們對時間拿捏得有多麼地緊。當你進入它／她們的內部時，它／她們就開始計時。

IV. 自古以來，書和妓女之間的愛情就是不幸的。

V. 書和妓女——它／她們各自擁有不同類型的男人，那些指著它／她們過活、又讓它／她們煩惱的男人。書籍的男人是批評家。

VI. 書和妓女都待在向大學生開放的公共場所裡。

VII. 書和妓女——占有它／她們的人很少能夠看到它／她們的最終結局，因為它／她們總是在香消玉殞之前就消失得無影無蹤。

VIII. 書和妓女都那樣地喜歡編造，喜歡講述自己是如何變成現在這個樣子，事實上連它／她們自己都沒有發覺這一點。多少年來，它／她們「出於愛」而追逐一切，終有一天，端著肥胖的身體站街兜售自己，而人們往往總是「出於研究的目的」才到那裡盤桓片刻。

IX. 書和妓女在展示自己的時候，都喜歡以脊背

示人。

X. 書和妓女都有無數的後繼者。

XI. 書和妓女 ——「裝虔誠的老修女和年輕的娼妓」。在今天年輕人應當從中汲取教誨的書籍中，有多少書的聲名不曾狼藉？

XII. 書和妓女都把它／她們的爭吵示於人前。

XIII. 書和妓女 —— 書裡的註腳是妓女塞在長筒襪裡的鈔票。

---

1 書是班雅明多次反思和回憶的對象。相關文章除了可以參看《單行道》中〈宣誓就職的審計員〉和〈愛讀書的孩子〉之外，尤為重要的還有一九三一年發表的〈打開我的藏書〉。而妓女的形象班雅明也曾多次使用，可參看一九一三年六月二十三日班雅明致赫伯特・布盧門塔爾的信、《拱廊街計畫》中關於波特萊爾的筆記和〈賣淫，遊戲〉、《柏林童年》中的選段〈乞丐與妓女〉以及殘篇〈娼妓〉。

武器和彈藥

WAFFEN UND MUNITION

　　我來到里加拜訪一位女友。[1]她的家，這座城，還有這裡的語言，對我來說都是完全陌生的。沒有人期待我的到來，也沒有人認識我。我一個人在街上孤零零地走了兩個小時，最終還是沒再見著她。每扇房門裡都噴出道道火舌，每塊牆角的石頭都濺出粒粒火花，每一輛電車都像消防車一樣疾馳而來。是的，她很可能正從一個大門裡走出來，拐過街角，坐上了電車。但無論如何，兩個人中，我必須成為先看到對方的那一個。因為，一旦她導火線似的目光落到了我身上——我就會像彈藥庫一樣被炸飛上天。

1 為看望阿西婭·拉西斯，班雅明於一九二五年十一月至十二月間在里加（編注：Riga，拉脫維亞首都）逗留。據拉西斯的回憶錄所述：「我去排練演出，滿腦門子事情，華特·班雅明出現在我面前。他喜歡給人驚喜，但這次我不喜歡他製造的這一場。他來自另一個星球——我沒有時間陪他。他有很多時間去熟悉里加。」（阿西婭·拉西斯：《職業革命家——關於無產階級戲劇、邁爾霍爾德、布萊希特、班雅明和畢卡索的報告》，頁五十六～五十七，慕尼黑，羅格納與伯恩哈德出版社，一九七六。）

急救
ERSTE HILFE

　　那是一個地形極度混亂的街區[1]，交錯的街道像一張大網，多年來我都一直繞避。但在一位我曾經愛過的人搬進去的那天，它卻一下子變得明朗起來。就好像在那人的窗格上安了一架探照燈，打出來的簇簇光束把整個街區都劃分成一塊一塊的。

---

1 關於迷宮般的城市景象，可參照《柏林童年》中〈蒂爾加滕公園〉篇。

室內設計
INNENARCHITEKTUR

　　短論[1]是一種阿拉伯風格的文體。從表面上看，它不分段，也不引人注目，就像阿拉伯建築的外牆一樣——它真正的建築結構到內廷才開始顯露。短論的段落結構也是如此，從外部觀察不到什麼，它只從內部展現自己。即使它由章節構成，這些章節也不以文字作標題，而是用數字做標識。論述部分也不像繪畫一般活靈活現，更確切地說，它掩藏在彼此纏纏繞繞、不斷蔓延開去的繁複花飾之下。在那密密匝匝的阿拉伯式的花紋針腳下，論述的主題中心和偏離題旨的插入說明之間的差別便不復存在。

1 參見班雅明《德意志悲苦劇的起源》的「認識論序言」。班
雅明在其中對短論（Traktat）這一體裁有詳細的討論。

紙張和文具

PAPIER UND SCHREIBWAREN

法魯斯地圖 [1]—— 我認識這樣一個女人,她的心總在別處。[2] 在腦海裡,我熟悉的是供貨商的名字、我保管文件的地方、我的朋友和熟人的住址,還有某次約會的良辰,而在她那裡卻處處都黏附著政治概念、黨派口號、信條套語和命令。她生活在一個處處是暗語的城市,居住在充斥著密謀和幫會行話的街區,那裡,每一條小巷都亮出鮮明的旗幟,每一個詞語都在戰場上迴響著吶喊的餘音。

願望單子 ——「讓一根蘆葦出出風頭吧 —— 讓芸芸眾生嘗到甜頭吧 —— 願可愛的詞句 —— 從我的筆管裡流出來吧!」[3]—— 詩行緊隨著「對極樂的渴

望」，就好像貝殼一張開就緊跟著掉落出來的珍珠一樣。

袖珍日曆──在北歐人身上，沒有什麼是比這一點更為典型的特徵了：當他愛上了一個女人，在上去向她表白心跡前，無論如何都要先獨處一番，對自己的感受做一番自我審視，自我體味。

紙鎮──協和廣場：方尖碑[4]。四千年前這座石碑上的銘文，今天就位於這個世界上最偉大的廣場的中心。假如有人這樣向法老預言過的話，對他而言是一次多麼偉大的勝利啊！西方首屈一指的文化王國終有一天在王國的中心背負起一座象徵他統治的豐碑。可這種榮耀事實上是怎樣的呢？有一萬人從這裡路過，不會有一個人駐足；即使有一萬人駐足，也不會有人讀得懂碑身上的銘文。每份榮譽都是這樣兌現著諾言，而沒有任何神諭比得上榮譽的這般狡黠。因為，永恆之物[5]的矗立就像這方尖碑一樣：它調節著圍繞它呼嘯而過的精神往來，而鐫刻在它上面的銘文卻對任何人都沒有絲毫用處。

1 柏林法魯斯（PHARUS）出版社於一九〇三年出版了第一份城市地圖。該地圖把街道和交通網絡與運用透視法繪製而成的公共建築及城市景觀做了結合。一九三二年左右，班雅明在《柏林紀事》中寫道：「確實，很多年來，我都一直想在地圖上生命—圖解式地（Lebens-Bios-graphisch）劃分自己的生命空間。法魯斯地圖才出現在我眼前沒多久，現在我又更想得到一張總參謀部的地圖了，假如存在這樣一張標示城市內部空間的地圖的話。」

2 此處指在莫斯科的阿西婭・拉西斯。在其他文本中，班雅明在談及標語口號時也把它們作為標識莫斯科的城市特徵。參見《莫斯科日記》和〈莫斯科〉。

3 譯注：該詩同下文「對極樂的渴望」源出歌德《西東詩集》裡《歌者之書》的最後兩首詩。

4 西元前十三世紀，古埃及第十九王朝法老拉美西斯二世統治時期，該方尖碑立於底比斯的盧克索神廟門前。一八三一年，埃及帕夏穆罕默德・阿里將其贈送給法國國王路易・菲利普，後者在一八三六年將其立在巴黎協和廣場上。（參見珍妮・特納編：《藝術詞典》第二十三卷，頁三二九～三三一，倫敦，麥克米倫出版社，一九九六。）

譯注：方尖碑的塔身由整塊粉紅色花崗岩雕出，上刻有埃及象形文字，讚頌埃及法老拉美西斯二世的豐功偉績。

5 二十世紀初起，班雅明的作品裡出現了對榮譽、永恆和永生的思考。主要可參考〈翻譯者的任務〉及片論〈駁「被低估的天才」理論〉（參見《華特・班雅明文集》第六卷，頁一三六、一三七），還有《單行道》增補部分第二十五篇〈成功之路十三則〉。

時髦服飾用品

GALANTERIEWAREN

　　骷髏頭的語言無與倫比：空洞的表情──漆黑的眼窩──與──最瘋狂的神態──和兩排獰笑的牙齒──集為一體。

　　一個感到自己被拋棄了的人在看書。當發現將要翻看的那一頁已經被裁開[1]時，他痛苦萬分，因為就連這一頁也不需要他了。

　　禮物必須深深地打動受贈人，以致讓他感到震驚。

　　一位我很尊敬的、極有修養的友人寄送給我一本他的新書。正要打開書時，我驚訝地發現，我在拉正自己的領帶。

　　注重交往禮節卻鄙夷任何謊言的人，同那外衣

穿著入時、貼身卻不穿襯衣的人無二。

　　如果筆尖的墨水能夠如煙頭的煙縷一般輕盈地漫溢，那麼我就身臨寫作的阿卡狄亞[2]仙境了。

　　幸福就是能夠認識你自己而不感到惶恐。

---

1 譯注：指書的連頁被裁開。（早期書籍裝幀多為毛邊本，印張摺疊之後不另裁開，保留連頁，讀者需從書口處一一裁開方能翻頁閱讀。）

2 譯注：古希臘伯羅奔尼撒半島中部的山地牧區，那裡風景優美，人們過著牧歌似的淳樸生活。「阿卡狄亞」（Arkadien）一詞代指世外桃源。

放大

VERGRÖSSERUNGEN

愛讀書的孩子──學生們可以從學校圖書館裡借書
看，但在低年級裡，書是被分發的。只有在很偶爾
的時候，孩子們才敢說出自己的心願。可經常發生
的，是他們眼巴巴地看著自己心儀的書落到了別人
手裡。終於有一次，孩子得到了自己想要的那本，
整整一個星期都沉浸在那熱鬧非凡的故事裡。它像
雪花一樣，輕柔、安靜、綿密，飛揚在他周圍絮絮
不止。帶著無疆界的信任，他走進了這本書。書中
的寧靜越來越引人入勝！內容並沒有那麼重要，因
為這種讀物的誕生，還是在人們躺在床上就能自己
編故事的年代。孩子沿著故事裡影影綽綽的小路走
去。他專心讀書時，兩耳是不聞窗外事的；書放在

一張過高的桌子上，一隻手總得放在書頁上。他能在那旋轉著鉛字的漩渦裡讀懂英雄的歷險故事，就好像在漫天飛揚的雪花裡辨認出人影和聲音一樣。他在故事演繹的空氣裡呼吸，劇中的所有人物都在向他呵氣。他比成年人更親密地與故事中的人物融為一體，被他們的事蹟和交替的對話感動不已。當他站起身來，那些讀過的文字就像雪花，一層一層地落滿了他的全身。

遲到太久的孩子——校園裡的那座鐘像是因為他的緣故壞了，指標正指向「太晚」。從他悄悄溜過的教室門縫裡，密謀般的低聲議論鑽了出來，傳到走廊上。門背後的老師和同學們是一夥兒的；或者只是一片沉默，彷彿在等待一個人的出現。他輕輕地把手放在門把上，陽光沐浴著他站立的那塊地方。此時此地，他玷汙了「綠日」¹，打開了門。他聽到老師的聲音像磨坊的水輪一樣咯吱咯吱地轉動。他來到這架碾磨機前，那咯吱咯吱的節奏絲毫沒有停下來的意思，可是雇工們卻把扛著的東西統統卸了下來，朝這位新人砸去。十

袋、二十袋沉重的麻袋朝他飛來，他必須扛著它
們走回自己的座位。在他的小長大衣上，每一根
線都沾滿了白色的粉塵。他就像午夜行走的可憐
的幽靈，步步呼嘯而過，卻沒有任何人看得見他。
這之後，他坐到座位上，和大家一同默默學習，
直到敲鐘。鐘聲裡卻沒有祝福。

偷吃的孩子——他的手，從撐開了一條小縫的食品
櫃門裡艱難地擠進去，就像一個戀愛中的男人不顧
一切地穿行於漆黑暗夜一般。對暗黑的環境瞭若指
掌之後，它就摸向了砂糖、杏仁、大葡萄乾或者蜜
餞。正如戀愛中的男人在親吻女友前會先擁抱她一
樣，他的手也在嘴巴品嘗甜食之前和它們來了場觸
覺幽會。成堆的小葡萄乾，甚至連大米，也像那膩
乎乎的蜂蜜一樣，諂媚地把自己送到他的手裡。終
於擺脫了勺子的小手和食物，它們的直接相遇是多
麼激情四溢啊。甩開了小圓麵包的草莓醬，就像是
一個遭遇誘惑而逃開父母的女孩子，彷彿身處上帝
的自由天空下，充滿感激又狂熱地任他享用；就連
奶油，也無比溫柔地回報了這位闖入自己閨房求婚

的勇敢男子。他的手，這位少年唐璜，不一會兒就闖遍了大大小小的所有房間，留下了身後層層湧動的汩汩涓流：少女的貞潔毫無怨懟地煥發了新生。

乘旋轉木馬的孩子——載有各種可騎乘動物的平臺緊貼著地面轉動，它正處在適於激發人們飛翔夢想的最佳高度。隨著音樂聲起，孩子騎著的木馬開始轉動，一跳一跳地駛離他的母親。開始他很害怕，害怕離開媽媽。可很快他就發現，他對自己是多麼地篤定，彷彿一個忠義的統治者，安然端坐在他的王土之上。外圍的邊線上，樹木和當地人排行成列，夾道歡迎。這時候，媽媽又在一個東方國家出現了。接著，一根樹梢又從原始森林裡冒了出來，好像數千年前他就已經認識，又像是剛剛才在木馬上見過它。他的坐騎很喜歡他：他就像一言不發的阿里翁[2]，騎著他一聲不響的魚兒向前遊弋；又像是騎在木製牛背上的美麗公主歐羅巴，被化身為這頭公牛的宙斯劫走。萬物永恆輪回早就是孩子都懂的智慧；生命就是一場原始的統治陶醉，陶醉在這架發出洪大聲響的奧開斯里特翁琴[3]周圍，就像在

皇家寶藏周圍一樣。當速度放緩，周圍的空間變得
一頓一頓的，樹木也開始回過神來。木馬一下子成
了不安全的地方。這時媽媽出現了，她像一根深深
打入地裡的木樁，被這個跳到地面上來的孩子所投
來的目光緊緊纏繞。

不愛收拾的孩子——他發現的每一粒石子，採摘的
每一朵鮮花，捕捉的每一隻蝴蝶，對他而言都是一
類收藏的開始。他擁有的每件東西對他而言都是獨
一無二的收藏。收藏的熱情在他身上才表現出它真
正的面孔，那是一道嚴肅的目光，是印第安人式
的。在今天，這種目光只有在古董商、學者和藏書
迷那裡，才依舊憂鬱又狂熱地燃燒著。他還幾乎沒
有涉世，就已經是一名獵手了。他獵捕靈魂，在
事物身上嗅出它們的蹤跡。在靈魂與事物之間，好
幾年歲月飄忽而過，而他的視野裡卻始終沒有人。
就像生活在夢裡一樣，他知道沒有什麼東西是亘古
不變的；在他身上發生的一切，在他看來，是在與
他遭際，在向他奔來。他的流浪歲月像是在夢幻森
林裡度過的美妙時光。他從那裡把獵物拖回家，將

它們洗淨、固定、驅走它們的魔力。他的抽屜一定會成為武器庫、動物園、刑事博物館和殉教者的墓穴。「整理」也許就意味著毀滅一座建築，一座擺滿了多刺的毛栗子（狼牙棒）、錫紙（銀器珍寶）、積木（棺材）、仙人掌（圖騰樹）以及銅芬尼硬幣（盾牌）的建築。這孩子早就會幫忙收拾媽媽的衣櫃和爸爸的書架了，可在他自己的領地，他卻總還是一個從不安分、鬧騰不休的造訪者。

玩捉迷藏的孩子——他熟悉屋子裡所有可以藏身的地方，進入這些地方就像回到什麼東西都可以在原地徑直找到的家一樣。他的心劇烈地跳動著，屏住了呼吸。在這裡，他被一個物的世界包得嚴嚴實實。這個世界清晰得可怕，悄無聲息地向他逼近。只有當一個人被施以絞刑時，他才會那樣清醒地意識到，到底什麼是繩索，什麼是木頭。這個孩子，當他站在門簾後面，就變成了一個飄忽忽、白煞煞的東西，那是幽靈；蹲在餐桌下面，那張餐桌就把他變成了神廟裡的木製神像，雕刻了圖案的桌腿就是神廟裡的四根梁柱；躲在門後，他自己也就變

成了一扇門，把門當作一面沉重的面具戴在臉上。他要像超凡的巫師一樣對所有不知內情就跨入大門的人施以法術。他想盡一切辦法，絕不可以讓自己被人發現。每一次他扮起鬼臉，人們就告訴他，只要一敲鐘，他就必須定在那裡一動不動。事實情況是怎麼樣的，只有躲藏在角落裡的他自己才知道。找他的人，或是把他當作神像定在桌下，或是把他當作幽靈永遠地織進帷幔，要麼就是把他永生都逐入那沉重的大門中。所以，每當尋找他的人要捉他時，他都會大聲地喊叫——其實，還不等這一刻到來，他就用自我釋放的一聲大喊搶在了那個人的前面——他要用叫喊聲驅走那個剛剛把他的模樣變得讓人們遍尋不著他的魔鬼。這就是他為什麼樂此不疲地與魔鬼做鬥爭的原因。在這場鬥爭中，整個屋子都是他的面具武器庫。每年都會有禮物藏在神祕的角落裡，藏在這些面具空洞的眼窩和僵硬的嘴巴裡。這時候，他曾經的魔幻經歷就變成了知識。他像個小工程師一樣，在爸爸媽媽昏暗的房間裡，祛除魔咒，去尋找那些復活節彩蛋。

1 譯注：綠日（der grüne Tag）指瑪雅曆法中一個哈布年的最後一天，喻指個人生活中某件大事的前一天，如生日的前一天。

2 譯注：阿里翁（Arion），傳說中西元前六世紀的古希臘傳奇詩人和音樂家，被認為最早創作了酒神頌歌。關於他有一個著名的神話：一次乘船旅行，他被船上水手搶劫而被迫跳海，此前他請求他們允許他唱最後一支歌。以七弦琴伴奏，吟唱，他優美的歌聲令海豚陶醉，大海安靜。於是抱琴投海的他被海豚救起，安全地馱到岸上。

3 譯注：奧開斯里特翁琴（Orchestrion，或譯自動風琴、管弦樂琴、樂團合奏機）即自由簧音栓小型管風琴。勒歐格‧約瑟夫‧沃格勒（Georg Joseph Vogler，一七四九一一八一四），德國作曲家、管風琴家，發明了該樂器。

古代藝術品
ANTIQUITATEN

圓形雕飾 —— 在一切有理由被稱為美的事物 [1] 上，
它的顯現起到的是悖謬的作用。

轉經筒 —— 唯有想像的生動畫面才給予意志以養
料。相反，蒼白的語詞最多不過可以點燃它的熱
情，讓它陰燃不熄而已。沒有任何一種完好無損的
意志可以脫離準確生動的想像而存在。沒有任何一
種想像可以擺脫神經系統的支配。現在，氣息就是
它最精妙的調節者。經文反反覆覆的套語是這類呼
吸的卡農曲 [2]。於是就有了瑜伽沉思冥想的實踐，
它的調息與神聖節律高度合拍。正因如此，瑜伽才
威力無窮。

古代的調羹——有一件事情是留給最偉大的史詩作家去做的：能去餵養他們筆下的英雄。

舊地圖——在一段愛情裡，大多數人找尋的是永恆的故鄉，只有極少數人才追求永恆的遠行。後者是些憂鬱的人，因為他們害怕觸碰故鄉的土地。他們尋找的，是讓他們遠離思鄉之憂鬱的人，並對他忠誠不渝。中世紀的氣質體液著作[3]很瞭解這類人浪跡他鄉的渴望。

扇子——人們一定有過這樣的經驗：當一個人墜入愛河，或者只是深入地與某個人交往時，他就會在幾乎每一本書裡都發現那個人的身影。是的，那個人既作為正面人物，又作為反面人物出現；在短篇、長篇和中篇小說中，總是不斷地變換形象，以新的面貌與他邂逅。由此可見，想像力是一種能夠滲透進無限小的事物裡去[4]的天賦，它把每一種緊密都化為了延展，為其撐開新的飽滿空間。簡而言之，想像力就是擷取每一個意象的能力。好比一把摺扇上的畫面，只有當扇面打開時，畫面才獲得了

呼吸；隨著每次新幅度的開啟，愛人的容顏[5]才在扇面裡得到充分的展現。

浮雕——一個人和他心愛的女人待在一起，和她談天說地。分別後，過了幾個星期或幾個月，曾經的談話內容又會浮現在他眼前。當時的話題放現在看來卻那樣無聊、俗氣又缺乏深度。這時他會意識到：是她，那個因為愛情而深深傾心於那番交談的女人，在我們面前投下濃濃的樹蔭，庇護了那時平淡的話題，以至於那時的思想就像一件浮雕一樣，得以存活在所有的摺層和縫隙裡。而當我們像現在這樣獨處時，思想就平躺在了理性的光輝下，沒有了撫慰，也失去了蔭庇。

殘缺的雕像——只有懂得把自己的過去看作出於不得已或遭遇困境而產生的非常態的人，才有能力讓他的過去為之後每一個當下都產生最高的價值。這是因為，拿一尊美麗的雕像來比作一個人所過的生活再恰當不過。那在運輸過程中不幸掉落了四肢的雕像，現在就成了一具他要從中雕鑿出自己未來形

象的珍貴石材。

---

1 參見《評歌德的〈親和力〉》結尾部分的討論。「如果説，歌德塑造的海倫與名氣更大的蒙娜麗莎這兩個形象的美麗之謎都來自這兩種假象之間的衝突，那麼奧蒂利這個人物則始終只有一種假象，這種假象逐漸地消失了。……因此任何關於奧蒂利這個人物的看法都會面臨一個老問題，即美是否是表象。／一切本質美都本質性地與表象緊密相連，不過相連的程度千差萬別而已。」

2 譯注：卡農曲（Kanon，英語 canon）指一種複調音樂，同一種旋律在各聲部依次出現。

3 氣質體液著作（Komplexionenbuch）：班雅明這裡講到的是體液學説。從中世紀起到十八世紀，體液學説在醫學和人類學領域都占據重要的位置。它區分了四種基本的精神氣質，這幾種精神氣質分別由不同的體液及體液間不同的混合情況所決定。《德意志悲苦劇的起源》中有關憂鬱的章節表明班雅明瞭解與體液學説相關的內容。在這類著作中，有些把旅行作為治療憂鬱的良方予以推崇。

4 相關的思考可以回溯到班雅明對普魯斯特小説《追憶似水年華》的研究。班雅明在《柏林紀事》中寫道：「一旦一個人打開了記憶的摺扇，他就會不斷地發現新的部分、新的枝幹，沒有一幅畫面能夠滿足得了他……現在，記憶從小的事物進入到最小的，從最小的事物進入到最微小的，它在微觀世界裡邂逅的景象會變得越來越大。」

5 譯注：容貌（die Züge）在德語中還有既深且長的呼吸之意。聯繫上句，此處應為一語雙關，意指愛人（畫面）隨著扇面的漸漸展開而獲得更加深長的呼吸。

鐘錶和金飾

　　如果一個人穿戴整齊，神清氣朗，在早晨外出
散步的時候觀看了日出，那麼這一整天，他都會在
所有人面前保持被悄悄加冕過的自足感。而如果那
一縷破曉的陽光是在他工作的時候灑入的，那麼到
中午時，他就感覺像是給自己戴上了皇冠。

　　頁碼就像分分秒秒向前飛奔的生命之鐘一樣，
懸掛在小說人物的頭頂上。哪位讀者不曾向它掠過
怯怯的匆匆一瞥呢？

　　我夢見自己——新任的編外講師——正和博物
館館長羅特邊走邊親切地交談，一起穿過博物館
寬敞的展廳。他到側廳和一位職員談話時，我走
到一個展櫃前。這裡陳列著一尊幾乎是真人大小

的女子半身像，大概是金屬或是琺瑯材質，暗暗地反射出光澤，周圍是些散落擺放的小物件。它和收藏於柏林博物館裡的那尊所謂的達文西之作芙羅拉[1]有些相似。一顆金色的頭顱，張著嘴巴，下排牙齒上掛著的珠寶，從嘴裡垂下來一部分，並間隔恰當地有序排開。我覺得，毫無疑問，這是一座鐘。（這場夢的主題：羞恥的羅特[2]；清晨口裡有黃金；「她那披著一團濃密烏黑長髮的，戴著珍貴的首飾的頭，就像毛茛似的擱在床頭櫃上面。」——波特萊爾）

---

1 譯注：在柏林博物館島的博德博物館裡，展出著一尊名為「芙羅拉（花神）」的蠟製半身像。一九〇九年，時任博物館主管威廉·博德前往英格蘭高價買下這尊蠟像，返回柏林後將它吹捧為蒙娜麗莎第二。但博德在倫敦的同行證實該蠟像係偽造。

2 譯注：羞恥的羅特（Scham-Roethe）：Schamröthe 是合成詞，由 Scham（羞愧）和 Röte（紅色）組成，意為「赧顏、因羞愧而臉紅」。「羅特」是班雅明夢中同行的主人公，由博物館館長的名字 Roethe 音譯而來。所以，班雅明用連字號把該詞拆分開來，寫作 Scham-Roethe，是文字遊戲，意在諷刺。

弧光燈

BOGENLAMPE

唯有不抱希望地愛他的那個人才懂他。

內陽臺
LOGGIA

天竺葵——兩情相悅的人最念念不忘的是他們各自的名字。

歐石竹——在愛著的那個人眼裡，被愛的那個人好像總是寂寞的。

水仙花——在被愛的那個人身後，性欲的深淵就像家族的深淵那樣封閉著。

仙人掌花——被愛的人無理取鬧時，真正愛著的那個人是喜悅的。

勿忘我──回憶總是把愛過的人縮小了看。

觀葉植物──每當結合出現阻力的時候，對年老後別無他求的相依相偎的幻想就會立刻浮現。

失物招領處
FUNDBÜRO

丟失的東西——眺望一個村莊或一座城市時，最初一瞥的景色之所以那樣美妙絕倫又不可復得，是因為在那一目視線裡，遠景與近景以最為密切的關係遙相共鳴。這時人的習慣還沒開始發生作用。一旦我們開始定神，美景就一下子風流雲散了。就好比走進一棟房子後，感覺它的外牆突然消失了一樣。即使到了這一步，我們習以為常的探究行為還沒有占據上風。而當我們開始確認方位以後，最初的剎那一景就再不復現了。

復得的東西——那蔚藍的遠景沒有被任何近景所吞沒。你走近它，它也不會消失；你走到它的面前，

它也沒有更加開闊和綿延，而是更加地內斂，給人
以威懾感。它是畫在舞臺背景上的藍色遠景，賦予
了舞臺布景無與倫比的特質。

最多停放三輛計程車的招呼站

HALTEPLATZ FÜR NICHT MEHR ALS 3
DROSCHKEN

　　我在一個地方站了十分鐘，等一輛公車。
「《拉‧櫻壇報》[1]……《巴黎晚報》……《自由
報》──」站在我身後的賣報女人用一成不變的腔
調連聲叫賣。「《拉‧櫻壇報》……《巴黎晚報》……
《自由報》──」這是一座三角形的小牢房。我看
到在我的面前，這三個牆角裡是多麼地空蕩。

　　在夢裡，我見到「一座聲名狼藉的建築」。「一
家賓館，裡面住著一隻被寵壞的動物。幾乎所有人
都只能喝這隻動物喝的營養水。」聽到這些話，我
驚得立馬從夢中跳起。原來我剛才極度困倦，就在
這明晃晃的屋子裡，把自己丟到了床上和衣而臥，
沒過幾秒鐘就睡著了。

從營房一樣的出租屋[2]裡傳出陣陣樂聲。如此地縱情哀傷，以致沒有人願意相信，它是演奏者彈給自己的——這首曲子是為一間間配有傢俱的出租屋演奏的。每逢週末，就有人坐在這樣的屋子裡苦苦思索。他徒勞的冥想不久就會被那些音符修飾，好像一盤熟過了頭的水果，旁邊點綴了幾片枯萎的葉子。

---

1 譯注：《拉·櫻壇報》（*L'Intran*），為 L' Intransigeant 的縮寫，意譯為「不妥協派報」。這是法國的一份激進派報紙，一八八〇年由亨利·羅什福爾創刊，最初代表左翼陣營，後在布朗熱事件期間由於羅什福爾對布朗熱將軍的支持而開始轉向右翼，到二十世紀二〇年代發展成為一份主要的右翼報紙。

2 譯注：營房一樣的出租屋（Mietskaserne），指像兵營一樣擁擠的出租住宅，是許多工人家庭居住的一種圍合式的庭院建築群。十九世紀後半葉，隨著德國大工業的飛速發展，工人在大城市的人口數量激增。為解決巨大的居住需求，人們對城市（德國城市尤以柏林和漢堡為典型）內城的住宅進行了加建，以利用更多的住宅空間。圍合式庭院建築由此產生，它們一般由臨街的前樓（Vorderhaus）、前樓側邊加建的 L 型支翼（Seitenflügeln）和側樓（Quergebäude），以及後樓（Hinterhaus）構成。這些樓宇一般圍繞著一個或數個相連的庭院。

陣亡戰士紀念碑

KRIEGERDENKMAL

卡爾・克勞斯 [1]——再沒有比做他的門徒更絕望、
比當他的對手更遭上帝厭棄的事了。從沒有過這樣
一個名字,用沉默來表示對它的尊敬,竟是更為恰
當的方式。他身著遠古鎧甲,神情激越,咬緊牙
關,渾然一尊中國神像。出鞘的劍,在手中飛舞;
在那德語的拱形陵墓前,他正演繹一支鬥士之舞。
他,「不過是死守在古老的語言之家裡,那眾多
的模仿者之一」[2],最終成了這座語言之墓的守陵
人。日日夜夜,堅守如斯。沒有哪一個崗位被更忠
誠地值守,也沒有哪一個人比他更徒勞無功。他站
在那裡,從同時代人的淚海裡汲取源泉,像達那伊
德斯 [3]。那塊本該去埋葬敵人的巨石從手裡滾滾而

落，他就如薛西弗斯⁴一般。還有什麼比他的改宗易信更無可奈何的呢？還有什麼比他秉持的人道主義更軟弱無力的呢？還有什麼比他與新聞媒體的對抗更渺然無望的呢？對於真正與自己結盟的力量，他到底知曉多少呢？可是，新一代術士的預見慧眼，哪一個比得上這位魔法教士的慧耳竊聽呢？就連一門死去的語言都能激發這個教士的言說。古往今來，還有誰能像克勞斯在〈被遺棄的人〉（*Die Verlassenen*）中所做的那樣，施法招魂，就彷彿此前「對極樂的渴望」從未被譜成過詩篇一樣？從語言的地下深處傳來陣陣低語，空幽無力像鬼神喃喃，向他訴說冥冥預言。這每一個聲音符號都無比真切，又都仿若魑魅語符，令人懵然不解。語言呼喚他起來復仇，像亡靈一樣盲目，像只識嗜血呼聲的幽靈一樣鼠目寸光。它們才不在乎將在生者的國度裡引發多麼大的混亂。可他不會犯錯。語言給他的委託也不會出錯。無論是誰，只要撞入他的懷抱，就已經遭到了審判：在他的嘴裡，敵手的名字本身就成為一個判決。他一張嘴，諷刺的無色火焰就在他的唇邊燃燃舞動，而任何還在生命道路上漫

步的人都不會遇見他。在遠古的榮譽戰場上，在一個巨大的血腥沙場上，他在一座荒蕪的墓碑前盛怒咆哮。他的死之榮光是無可估量的，那是他最後被賜予的榮譽。

---

1 求學時代起，班雅明就閱讀克勞斯創辦的雜誌《火炬》。該雜誌也主要由克勞斯親自撰稿。班雅明多次論述克勞斯本人及他的作品，最詳盡的一篇為一九三一年發表在《法蘭克福報》上的〈卡爾‧克勞斯〉一文。

2 班雅明這裡引用的是卡爾‧克勞斯詩歌〈自白〉(*Bekenntnis*)的前兩句詩行。

3 譯注：古希臘傳說中阿爾戈斯國王達那俄斯的五十個漂亮女兒，人稱達那伊德斯。他的孿生兄弟埃古普托斯有五十個兒子，他強迫達那俄斯把五十個女兒嫁給他們。達那俄斯假意答應，囑咐女兒們在新婚之夜各自殺死新郎。只有一個女兒沒有照辦。倖存的新郎林叩斯最終為父兄報仇，殺死了達那俄斯和他的四十九個女兒，並懲罰她們在地獄裡勞作，永無休止地用瓦罐舀水，灌到一個無底桶裡。諺語「達那伊德斯之桶」即表示「永無休止的徒勞無益的工作、無底洞」。

4 譯注：古希臘傳說中的人物，因觸犯眾神，被懲罰推一塊巨石上山。每每將到山頂，巨石卻又滾下，前功盡棄，如此周而復始。

火災警報器

　　階級鬥爭的觀念是會把人引入歧途的。階級鬥爭不是一場高下之爭，要在較量中判定誰勝誰負；它也不是一場角鬥，在終了時成者為王敗者為寇。如果這樣思考，就是在浪漫化地掩蓋事實真相。因為無論資產階級在鬥爭中是勝還是負，都因它的內在矛盾被判定為必然走向衰落，那些矛盾終將隨著它的發展而致其死亡。問題僅僅在於，它是自亡，還是無產階級使它消亡。這發展長達三千年的文化，是存續還是終結，就取決於對上述問題的回答。歷史不知道這兩位鬥士沒完沒了的鏖戰到底何時才甘休。只有在日程表上，才有實幹政治家們的苦心盤算。如果資產階級的

廢除，到了某一個幾乎可預見的經濟或技術發展
的關鍵時刻（通貨膨脹和毒氣戰爭便是這類時刻
的信號）都還沒有完成，那就全盤皆輸了。點燃
的導火線必須在火星碰到炸藥之前就被切斷。政
客發動干涉，製造險情，講求速度，這些都是高
明的術——但不具有騎士精神。

旅遊紀念品

阿特拉尼 [1]——一段弧形的巴洛克式臺階平緩地延伸到教堂門前。一排柵欄豎在教堂背後。老嫗在萬福瑪利亞的起首語中誦起了冗長的禱文：進入一年級死亡班的入門訓練。回身望去，就見教堂與海洋相接，宛若上帝近身於大海。每至晨興，基督的紀元都從那崖上岩石破曉，日至昏暝，月夜的輝光就在這之下的牆垣間灑落，分隔出羅馬時代的四個古老街區。條條阡陌小巷，好似道道通風井。集市廣場有一口水井。傍晚時分，女人們便出現在水井周圍。之後出現的，是寂寥：遠古的流水潺潺淙淙。

海軍艦隊——大型帆船的魅力是獨一無二的。不僅

僅是因為它們的輪廓縱使歷經幾個世紀都不曾改變，更是因為它們總是出現在亙古不變的天景中：遼闊海上，蒼穹襯托，讓它們的雄姿分外顯明。

凡爾賽宮的正面——看起來，人們似乎已經忘記了這座宮殿，彷彿在漫長的幾百年前奉法國國王之命打造的這面童話劇布景，就僅僅存在了兩小時似的。它的耀目光芒，如今已絲毫不再。它把榮光毫無保留地賦予了那時的君王盛景，它的榮光隨其告終而終歸消散。在這個背景前，這座宮苑成為一個舞臺，集權的君主專制就像一幕芭蕾舞諷喻劇那樣，哀婉動人地上演了一番。而今天的它只是一面牆，人們尋訪它的蹤影，不過是為了站在上面，極目遠眺由勒諾特爾[2]一手打造的天際間的那一抹蔚藍。

海德堡宮殿——座座廢墟，殘破的牆垣峻聳入天。在晴空日麗的天氣裡，當目光從古堡的窗子裡，或就在頭頂上方，邂逅那高處掠過的片片雲朵時，這片遺跡會顯得格外壯美。瘡痍的殘垣在天幕間開啟

了轉瞬即逝的瑰麗奇觀，這片廢墟也因為這一奇景
而更顯永恆。

塞維利亞阿爾卡薩宮── 一座建築，依循幻想的原
始衝動落成。它的建築風格抵制住了任何來自實
用的考慮。為那些高高在上的房間預設的，只有夢
想、慶典和充盈此二者的氛圍。在那裡，舞蹈和寂
靜是唯一的主題，因為房間裡的繁複紋飾悄無聲息
地將人間的一切躁動都吸收無餘。

馬賽天主教大教堂[3]── 在人跡最稀少、陽光最充
足的廣場上，矗立著這座天主教大教堂。儘管在
它的南邊，也就是它的腳下，就是若利耶特碼頭；
在它的北邊，緊挨著的就是無產者街區，可此地卻
空無一人。這座荒蕪的建築物作為一個中轉地，矗
立在堤壩與倉庫之間，轉運那些既看不見也摸不著
的貨物。人們用了整整四十年的時間來建造它。然
而當一八九三年，這座紀念碑式的建築物全部竣工
的時候，它所承載的時代和地點卻一起合謀，成功
地顛覆了它的建築師和發起者們最初的構想。天主

教教士手裡的豐厚資金讓它變成了一個巨大的火車站，一個從未被真正交付使用的火車站。從正面的外牆可以清晰地看到裡面的候車廳。被劃分為一等至四等車廂的乘客（在上帝面前他們可是平等的）擠坐在一起，像緊挨著的行李一樣，走進他們的精神財富，一頭埋進讚美詩裡詠而誦之。這些詩集的編排有詞語索引，格局整齊一致，看上去和國際列車時刻表十分相像。鐵路的交通規則就像主教通告一樣掛在各面牆上。在這裡既可以看到搭乘撒旦豪華專車的贖罪價目表，也有供遠途的旅客私下裡洗漱[4]的小房間，它們已被當作懺悔室準備妥當。這就是馬賽的宗教火車站。一列列駛往永恆的臥鋪列車就在做彌撒的時刻，從這裡啟程。

弗萊堡大教堂——對一座城市的居民來說——也許對那些還在回憶中徘徊的遊客們來說也是如此——與這座城最獨特的故鄉感聯繫在一起的，是塔樓上大鐘敲響時鐘聲與鐘聲之間的聲聲間隔。

莫斯科聖瓦西里升天教堂——這位拜占庭的聖母瑪

利亞[5]懷裡抱著的，只是一個和真正嬰兒同樣大小的木製玩偶。在嬰兒身分只是暗示性地被再現出來的耶穌面前，她臉上的痛苦比懷抱任何一個如實的男孩形象所流露的痛苦都強烈得多。

博斯科特雷卡塞[6]——義大利傘松的高貴就在於：不經盤根錯節，樹冠款款落成。

那不勒斯國家博物館 ——古風時期的雕像是面帶微笑地向觀眾展示他們身體的意識，宛若一個小孩子，向我們伸出一把剛剛採摘還未經整理的鮮花。後來的藝術則嚴格地造作起表情，儼然一名成年人，運用整齊切割的機器，來編紮永不凋零的花束。

佛羅倫斯洗禮堂[7]—— 在那雕飾精美的大門上，有一方出自安德列・皮薩諾之手的「司珀斯」[8]浮雕。她無助地坐在那裡，伸長雙臂去探一個她根本夠不著的果實。而她卻是有翅膀的。沒有什麼是比這更真實的了。

天空——夢裡我走出一棟房屋，仰望夜空。一束野性的光輝從夜空灑下。因為，無論繁星是如何地漫天四散，人們按照形狀組合而成的星座圖像都以感性的方式一幅幅地呈現在場。一頭獅子，一名少女，一架天平，還有其他眾多星座一起，宛然一個龐大的稠密星團，向下凝視著這片大地。月亮是看不見的。

---

1 班雅明極有可能是在一九二四年的義大利之旅時參觀了阿特拉尼（Atrani）這座阿瑪菲（Amalfi）附近的村莊。他在一九三〇年十一月十四日致伊娃·博艾（Eva Boy）的信中說：「我在同一天的下午和晚上與阿特拉尼相遇；那裡讓我陶醉，這是最值得紀念的一次沉醉體驗。」

2 編注：安德烈·勒諾特爾（André Le Nôtre），法國國王路易十四的首席園林設計師，也是凡爾賽宮的建築設計師，被譽為「造園師之王」。

3 班雅明第一次到馬賽是在一九二六年九月。這篇文章的第一稿即在馬賽寫成。在班雅明一九二六年十一月五日致克拉考爾的一封信中，他表示要寫的一篇題為〈宗教火車站〉的稿子，正是本篇涉及的主題。該段被收錄到班雅明一九二九年四月發表的〈馬賽〉一文中。一九二七年七月，班雅明又一次來到馬賽，並於次年九月再度造訪。在馬賽他詳細地記錄了自己吸食大麻的嘗試體驗，由這些記錄產生了兩篇完整的文章：一為〈梅斯沃維采─布勞恩斯魏克─馬賽：一段吸食

大麻的醉境紀事〉（一九三〇年），另一為〈馬賽吸大麻〉
（一九三二年）。班雅明最後一次來到馬賽是在一九四〇年
八月，最後這一行是為獲取從法國出境的簽證。

4 譯注：洗漱（reinwaschen），本意為洗白罪名，這裡為語言
遊戲。根據上下文，翻譯成洗漱，是為連貫本文將教堂作火
車站的比擬。讀者可以把「洗白罪名」替換成「洗漱」二字，
放進文中去重新體會作者的諷刺用意。

5 推測教堂內安放的聖像有變，本文所描繪的聖母瑪利亞畫像
在今天已無法辨識。班雅明在這裡有可能指涉的是拜占庭正
教聖母像赫得戈利亞（Hodegetria）。

6 譯注：Boscotrecase，義大利那不勒斯省的一個市鎮。

7 佛羅倫斯聖若望洗禮堂是最古老的一座洗禮堂，建造時間為
一〇六〇年到一一二八年。一三三〇年安德列·皮薩諾（譯
注：Andrea Pisano，一二九〇一一三四九，義大利建築師，
雕塑家）開始著手洗禮堂的南院門扇雕塑工作，到一三三六
年，南門得以安放使用。門上為二十八塊青銅浮雕，內容表
現的是施洗耶穌的生平事蹟，底部兩行浮雕展示的是八種美
德。班雅明提及的「司珀斯」像是左上方的第一塊浮雕圖案。

8 譯注：司珀斯（Spes）是羅馬神話中展開雙翼的希望女神，
卻永遠摘不到近在咫尺的希望果實。

眼鏡驗光師
OPTIKER

　　夏天，引人注目的是胖子；冬天，則是瘦子。

　　春天，在明媚的陽光下，人們看到的是幼小的新綠。而在冰冷的雨天裡，人們眼裡就只有那些還沒長出葉子的禿枝。

　　一個盛情的宴客之夜是如何度過的，留到最後的那個人只消看一眼菜盤和茶杯、酒杯和菜肴的樣子，就一目了然。

　　廣告的基本原則：把自己誇大七倍；把自己表現得七倍於人們的渴望。

　　視角透露人的傾向。

玩具
SPIELWAREN

模型紙板——在熙熙攘攘的石岸碼頭兩側，一個個雜貨鋪像左右搖晃的大號拖船靠了岸。碼頭泊有高高架起桅杆的帆船，上面的信號旗垂了下來，還有煙囪裡冒著煙的蒸汽輪船，以及長期存放貨物的駁船。這些船隻中還有一些輪船，人一走進去，就會在它的大肚腩裡消失不見；那裡只允許男人下去，但透過艙口，可以看到女人們的胳膊、面紗和髮髻上的孔雀翎。外地人站在甲板的別處，看起來想要用古怪的音樂趕走那些觀眾。可人們卻毫不在意一樣，完全充耳不聞。人們邁著猶豫的步子小心地走上去，像是走在舷梯上似的，大幅度地左右搖晃，一到甲板上，就立馬站定，等待著整艘船起錨離

岸。後來，那些沉默又醉醺醺的人們再次出現了，他們在有色酒精那時而升時而降的紅色刻度盤上，看到了自己謀取良緣時機的到來與逝去；一位在刻度底端時就開始求愛的黃衣男子，在刻度到達頂端時離開了那位藍衣女人。透過鏡子人們看到，他們腳下的地面像水一樣向前溜走，於是跟跟蹌蹌地越過搖晃的舷梯來到了空地上。船隊給周圍帶來了不安：婦女和姑娘們在船上變得縱情放肆，凡是能吃的東西也都被帶到這個安樂國似的地方。人們是如此徹底地被海洋隔絕，以至於他們感到，這裡的每一件事物都是第一次也是最後一次遇見。海獅、小矮人和狗彷彿被帶進挪亞方舟一樣出現在這裡，甚至連鐵路也被一勞永逸地帶了進來，在它的環線上循環不止地穿越同一條隧道。在這些日子裡，這塊臨時的宿地就成了南海島嶼中的一座海港城市。未開化的當地人帶著他們的貪婪和驚奇，撲向歐羅巴扔在他們腳下的東西。

射擊靶子 —— 整個射擊遊藝棚的場面應該被當作一部景觀集來描寫。在一片冰天雪地的映襯下，許

多像白色泥煙斗一樣的靶子清晰可見，它們從中心像輻條一樣向四周輻射。後面，在一條模模糊糊勾勒出的狹窄林地前，畫了兩名守林人；最前面，看起來像活動布景的，是兩個用油畫顏料繪成的塞壬女妖，她們的胸被畫得極具挑逗性。在別的地方，有些煙斗從女人頭髮裡高高地立起——畫面上的女人很少是穿裙子的，大多都穿緊身衣。又或者，有些煙斗從女人手上打開的摺扇裡冒出來。那些移動的煙斗在標有「瞄準鴿子射擊」字樣的背景裡緩緩地轉動。還有一些射擊棚展現的是戲劇場景，讓觀眾在一旁手拿長槍來指揮戲劇。只要他一擊中靶心，表演就開始了。這樣的戲劇包廂一次會出現三十六個，每一個包廂上都寫著令觀眾振奮的好戲，如《獄中的聖女貞德》、《好客》和《巴黎街頭》。還有一個射擊棚，上面寫著《死刑》。緊緊關閉的大門前有一座斷頭臺，身著一襲黑袍的法官和一個手拿十字架的教士。如果擊中靶心，那扇大門就自動打開，推出一塊木板，木板上的惡棍就站在兩名劊子手中間。他自動把脖子伸到刀刃下，然後就被砍下了腦袋。

以同樣的方式進行的還有《結婚的喜悅》。眼前展現出來的是一副窮家寒舍的場景，人們可以看到屋子中央的那位父親，一隻手抱著膝蓋上的孩子，另一隻手騰出來搖晃躺著另一個嬰兒的搖籃。《地獄》——當兩扇大門打開的時候，人們可以看到一個魔鬼正在折磨一個可憐的靈魂。在他旁邊，另一個魔鬼正抱著一名教士走向沸騰的大鍋。所有被打入地獄的人都要被丟進去煮一番。《監獄》——一名看守守在門前。每當靶子被擊中，看守就會去拉鈴。鈴聲一響，門就打開。人們可以看到兩個犯人正在一個巨大的輪子旁邊用功；看樣子他們必須得把它轉動起來。另外還有一組：一位小提琴手和他那隻會跳舞的熊。當成功擊中靶心時，小提琴手的琴弓就會拉動，熊會用它的爪子敲一下鼓，還抬起一條腿。由此人們會想起那則關於勇敢小裁縫的童話，也可以聯想到用一聲槍響驚醒長睡不醒的睡美人，或者想到擊中那顆毒蘋果來解救白雪公主，或者舉槍救出小紅帽。槍聲以其治癒性的力量，童話般地打入木偶的當下存在中，把魔鬼的腦袋成功砍下，最終揭示了

木偶們尊貴的公主身分。在那扇沒有任何標示的大門前也是如此：當你擊中目標，大門就隨之打開，紅色的長毛絨門簾前站著一個好像微微鞠躬的摩爾人。他胸前捧著一隻金色的碗，碗裡放著三個水果。第一個水果打開了，一個小人站在裡面鞠躬；第二個水果裡，兩個同樣嬌小的小木偶在裡面轉圈跳舞（第三個沒有打開）。下面，在擺放其他舞臺布景的桌子前面，是一尊木製的小騎士，身上寫著「此地有雷」。如果你擊中靶心，發出砰的一聲，這位騎手就會和他的馬一起大栽跟頭，但是——不用說——他還留在馬鞍上。

立體鏡——里加。集市天天都有，整個擁擠的街市就是這些用木頭搭起來的低矮的售貨棚，沿著防波堤向兩頭延伸。這個防波堤是杜納河邊的一座又寬又髒的石堤，上面也沒有貨棧倉庫。矮小的蒸汽船，常常連上煙囪都高不出碼頭圍牆，它們都在黝黑的矮城邊停靠（較大的輪船泊在下游）。地上骯髒的木板成了一條泥路，上面正在褪去的顏色在寒風中依稀發亮。在一些角落裡，除了賣魚、肉、靴

子和衣服的棚屋外，常年站著一些拿著彩色紙鞭子的小市民家庭的婦女。這些彩色紙鞭只有到耶誕節時才會被販賣到西方。如同受到最可愛的聲音的責罵——這些鞭子也是同樣的效果。只需花幾分錢，就可以買到一大把這種用於責罰的彩鞭。在堤岸的盡頭，距離水邊只有三十步之遙的地方，是用籬笆圍起的蘋果市場。一堆一堆紅白相間的蘋果堆得像小山一樣。供銷售的蘋果都是用草作包裝，放在家庭主婦籃子裡的那些賣出去的蘋果就已經去掉了包裝。遠方矗立著一座暗紅色的教堂，在十一月的清新空氣裡，蘋果色澤的紅潤要遠勝這教堂的黯淡。許多出售船上用具的商店都在離防波堤不遠的小房子裡。店牆上畫著纜繩，人們四處可見待售商品被畫在看板或者房屋的牆上。街市一家商店的光禿禿的磚牆上，畫的箱子和腰帶比真實的還要大。位於拐角的一座低矮的房子是賣緊身衣和女帽的，黃赭色的牆面上繪滿了女郎的面容和緊身的胸衣。房屋前的牆角處立著一盞路燈，玻璃燈罩上也畫了類似的圖案。這看起來整個就像惹人浮想聯翩的妓院門面。同樣

離港口不遠的另一座房屋的灰暗牆壁上，畫的是食糖袋子和煤塊，黑灰兩色的搭配頗有立體感地突出了它們。在另一家店鋪（的牆上），鞋子像下雨一樣從聚寶盆裡落下來。五金器具的牆繪則細緻入微：在一塊板子上，畫著錘子、齒輪、鉗子和最微小的螺絲，看起來就像從以前的兒童圖畫書裡描摹下來的一樣。這樣的繪圖在整座城市無處不在，就像是從抽屜裡搬出來一座城一樣[1]。然而，在這些畫面中間，高高聳立著一座荒涼的、要塞式的建築物，令人不由得想起了沙皇時代的所有恐怖。

非賣品——盧卡[2]年度集市上的機械小展間。展覽是在一座長長的、對稱分成兩個空間的帳篷裡舉行的。上幾級臺階就可以到它跟前。展會的招牌就是一張桌子，上面擺有幾個一動不動的小木偶。人們從右邊開口處進入帳篷，從左邊出口出來。在燈火通明的帳篷裡，兩張長長的桌子一字排開直到帳篷深處，頂到帳篷內部的另一側，所以只留下一道狹長的空間供人來回走動。兩張長桌都很矮，都蓋了

玻璃。桌子上站立著木偶（平均身高在二十公分到
二十五公分之間）。在看不到的地方，也就是木偶
的底部，藏著驅動它們做出活動的鐘錶裝置，人們
可以聽到它們滴滴答答走動的聲響。桌邊一排是可
供孩子站上去的長條踏板。牆上掛著哈哈鏡。在入
口處，人們首先看到的是王公貴族們，每個人物都
擺出自己獨特的姿態：一些人伸出左臂或者右臂做
出誇張的邀請動作，另一些人在來回轉動著呆滯無
神的眼睛，還有的人一邊骨碌碌地轉動眼睛一邊搖
擺自己的手臂。兩名紅衣主教站在弗朗茨·約瑟夫
的兩側，庇護九世為他加冕，還有義大利的埃萊娜
王后、蘇丹女眷、馬背上的威廉一世、小小的拿破
崙三世，還有一名更小的王儲維克多·伊曼紐爾。
緊隨其後的是聖經人物小雕像，然後是基督受難的
情景展示。希律王利用頭部做出各種不同動作發出
屠殺嬰兒的命令。他張開大嘴，點頭示意，伸出手
臂，然後又落下。他的前方站著兩名劊子手：其中
一個手拿利劍四處走動，手臂下是一個被斬掉頭顱
的小男孩；另一個人則做出刺人的動作一動不動，
只有眼睛在滴溜溜地轉。兩位母親也在那裡：其中

一位像沉湎在過度的傷心裡，不停地緩緩晃動腦袋，另一位慢慢地舉起手臂，做出哀求的樣子。還有基督被釘上十字架的場景。十字架平放在地上。劊子手將釘子釘了進去。此時，耶穌的頭動了動。耶穌的手腳被釘在十字架上，一位雇傭兵用浸了醋的海綿慢慢地、顫巍巍地擦拭他的身體，然後立馬又縮了回去。此時，救世主微微地抬了抬下巴。在後面，一位天使手捧接血的聖杯，將身體俯向十字架，把聖杯放在基督身體前，爾後又收走，好像血已經接滿了一樣。另一張桌面展示的是充滿風俗趣味的造型。高康大[3]在大吃麵團。在滿滿一盤麵團前，他兩手齊上、左右開弓往嘴裡塞。每一隻手上都拿著一把餐叉，每一把餐叉上都叉著一塊麵團。一位阿爾卑斯山少女正在紡線；兩隻猴子在拉小提琴；一名魔術師前面放著兩個桶狀容器。右邊的容器打開了，露出女人的上半身，然後又沉了下去。左邊的那個打開後，露出的是男人的上半身。右邊的容器再次打開，這次出現的是公羊的頭顱，但它兩角之間的臉頰，卻是剛才那位女士的臉。緊接著，左邊的容器再度打開，那名男子消失了，取而

代之的是一隻猴子。然後一切又從頭開始。另一名
魔術師：他站在桌前，每隻手都倒拿一只酒杯。當
他一只接一只地交替舉起酒杯時，酒杯下面一會兒
出現一片麵包或一個蘋果，一會兒又出現一朵鮮花
或一顆骰子。還有一口魔井：一個農家男孩站在一
口井旁搖晃腦袋，一個女孩在提水，那用玻璃做成
的巨大水柱不斷地從井口噴出。心醉神迷的戀人：
一片金色灌木或金色火焰向兩翼分開，從中露出兩
個玩偶。他們把臉轉向對方，移動過去，然後又分
開，彷彿帶著困惑的驚奇神色打量著對方。每隻木
偶下都有紙做的小標籤，標示所有的造型都出自
一八六二年。

---

1 班雅明在七月十五日寫給克拉考爾的信中提到了這篇文章，
原題名為〈港口和年度集市〉。班雅明指出了一處印刷錯誤，
卻視之為因禍得福：「事實上在文章的一處我並不真正滿意
的地方，排字工人令人驚喜地把它改錯了，把『Stadt, gestellt
wie aus Schaubuden』（像是從流動表演帳篷裡來的一座城）
排成了『Stadt, gestellt wie aus Schubladen』（像是從抽屜裡
搬出來的一座城）。」班雅明在寫作《單行道》時採納了這
處印刷錯誤。

2 編注：Lucca，義大利中北部城市，是義大利的藝術城鎮（Città

d'arte，指以藝術為城市文化核心，經濟活動多來自文化觀光）
之一，有許多保留完好的歷史建築。
3 編注：Gargantua，法國作家弗朗索瓦·拉伯雷所著《巨人傳》
中的巨人主角之一，有著驚人的食量與智慧。

門診部
POLIKLINIK

作家把思考置於咖啡館的大理石桌面上[1]。他久久地觀察周圍，好利用玻璃杯——用來檢查病人的透鏡——還沒有端到他面前的這段時間。然後，他慢慢地打開自己的手術箱：自來水筆、炭黑筆和一支煙斗。眾多的客人圍坐，成為他的臨診觀眾，像坐在露天劇場的弧形階梯看臺上。作為術前準備，斟滿的咖啡也被享用完畢，它把思想置於氯仿的麻醉之下。他所思考的事情已經和事情本身無關了，就像被麻醉者的夢境和正在進行的外科手術一樣，它們之間不再發生任何關聯。在慎而又慎的運筆下，思想被施以解剖；外科醫生[2]在內部置換重音，燒灼詞語身上的贅物，再把一個外來詞當作一

條銀光閃閃的肋骨植入進去。最後，他用一縷標點的針線細密地把整個思想縫合起來。他用金錢酬謝了服務員，他是作家的助理醫師。

---

1 一九三一年十二月二十日，班雅明寫信給朔勒姆講他在咖啡館創作的習慣。在一九三三年四月致格蕾特爾·卡爾普魯斯（Gretel Karplus）的信中，他寫道：「另外，我寄希望於一些咖啡館或者酒吧，它們或者開設在聖安東尼奧，或者在伊比沙。我在裡面也許就可以發現我的工作室。」

2 蘇聯作家特列季亞科夫（Sergej Tretjakow，一八九二一一九三九）在他的著作《戰鬥英雄》裡區分了「手術式」和「通報式」兩種作家類型。班雅明在一九三四年的演講〈作為生產者的作者〉中對這一區分有過論述。早在一九二七年發表在《文學世界》上的評論〈俄國作家的政治派別〉中，班雅明就提到了特列季亞科夫。據此推測，班雅明在莫斯科逗留的一九二六年至一九二七年的冬天應當聽說過特列季亞科夫。

牆面出租

DIESE FLÄCHEN SIND ZU VERMIETEN

　　抱怨批評衰落的人都是傻瓜，因為屬於批評的時代早已過去。批評是一件與事物保持恰當距離的事情，它適合於注重視角與全景的世界，在那裡人們還有可能選取某個立足點。然而今天事物已經如火燎原般地迫近人類社會了。什麼「不抱偏見」，什麼「自由的視角」，如果這些不是事不關己的幼稚言論的話，那麼它們就是沒人相信的謊言。今天，如商人般一眼就切準事物要害的最真實的目光，叫作廣告。它拆毀了觀察得以自由施展的空間，把事物如此危險地推向我們，直逼額頭，就好像電影院螢幕裡的汽車，漸漸變得碩大無比，震顫地向我們直衝過來。正如電影不

會在某個挑剔角度下向觀眾展示傢俱和外牆的完整樣貌，而是僅憑那不具有連貫性的單一近景引發轟動效應一樣，真正的廣告也是如此，它把事物轉動[1]到近前，以一部優秀影片的速度呈現給觀眾。由此也就徹底告別了「客觀」[2]。在那些畫著巨幅廣告——手握「可登可登」牙膏和「斯萊普尼」[3]的巨大人像——的樓牆前，已然痊癒了的感傷以美國方式釋放出來，就像早已不會被打動或感動的人們又重新在電影院裡學會了哭泣一樣。但對於大街上站著的人來說，是金錢把物品如此切近地推到他眼前，是金錢建立起他與事物間合乎邏輯的溝通。被雇用的評論家則在畫商的藝術沙龍裡操控一幅幅畫作的命運；比起僅僅在櫥窗外賞畫的藝術愛好者來說，他顯然更能明白，在那眾多的藝術品中，哪些即使不是更好的，但卻是更重要的。藝術主題把自己的熱量釋放給他，使他的感知豐盈——究竟是什麼使廣告如此地優越於批評？一定不是閃爍在霓虹燈看板上的活動字幕，而是反射到瀝青路面上的那攤火紅的光。

1 譯注：轉動（kurbeln）本意為（搖動曲柄）使轉動，又意為「拍攝（電影）」。班雅明在這裡一語雙關，有把廣告與電影類比之意。

2 譯注：推測「客觀」（Sachlichkeit）指涉的是一九二〇年左右在德國興起的新客觀派（「Neue Sachlichkeit」）。

3 「可登可登」（Chlorodont）是德國最古老的牙膏品牌。它是德勒斯登雷歐實驗室的發明。一九〇七年，這裡生產出第一支裝在可開合軟錫管中的牙膏。幾年後，「可登可登」成為德國牙膏品牌領導者並把市場推向了全世界。而品牌名稱「斯萊普尼」（Sleipnir）則無以考證。「Sleipnir」或「Sleipner」是北歐神話裡主神奧丁的坐騎，一匹有八條腿的戰馬。這裡有可能指的是巴查里（Batschari）公司的一個香煙品牌「Sleipner」，一九二九年它被利是美煙草公司收購。外牆牆面上的巨幅廣告在二十世紀二〇年代的大城市非常普遍。但是班雅明這裡提到的「可登可登」和「斯萊普尼」廣告沒有留存下來的照片可供證實。

辦公用品

BÜROBEDARF

　　老闆的辦公室裡滿滿地全是武器。舒適的現代
設備讓來訪者倍生好感，其實它卻是一座掩人耳目
的軍火庫。放在寫字臺上的電話機總是鈴聲不斷，
它會在最關鍵的時刻打斷你們的談話，讓你的對手
有了想出對策的空檔。在此期間，從電話交談的隻
言片語裡，聽得出還有多少事情正在處理，而這些
事情每件都比眼下輪到要辦的這件更重要。你琢磨
著這一事態，開始慢慢脫離自己原有的立場。你開
始揣測，這電話裡的是誰，又突然間驚訝地聽到，
電話那頭的人明天就要動身去巴西，並且不一會兒
竟以這種方式和公司達成了一致——那人剛剛大倒
苦水的偏頭痛將作為令人遺憾的工作事故（而不是

作為可能的機會）被記錄在案。這時女祕書進來了，可能是應老闆的召喚，也可能不是。她非常漂亮。儘管老闆對她的美貌不予理會，也許是他本就不為美色所動，也許是作為愛慕者早已與她心照不宣，可初來乍到的新人還是禁不住多瞧她幾眼。她很懂得用行動回報自己的老闆。員工們都開始忙碌了，擺出[1]一張張卡片索引。作為來訪者，你知道自己被歸到了索引卡形形色色的標題之下。你開始感到疲倦了。但是，背光坐著的另一個人，卻從這張被燈光打亮的臉上，頗為滿意地讀出了你此時的疲態。扶手椅也發揮了作用；你向後深深地倚在靠椅裡，就好像躺在牙醫的診療室裡，最終還是只好把這番痛苦當作事情完全合法的程序咬牙接受。如此這般地診療之後，清償[2]隨之而至，這是早晚的事。

---

1 譯注：擺出（auftischen），原指擺到桌子上來（如菜肴）；又引申為編造、胡扯。此處又為語言遊戲，意義雙關。

2 譯注：清償（Liquidation），指債務的清償、清算，如診療後醫院給病人寄來的收費帳單；對於企業而言，則是停業清算、解散倒閉。此處為一語雙關。

貨物托運：運送和打包

STÜCKGUT: SPEDITION UND VERPACKUNG

清晨，我坐車橫穿馬賽，趕往火車站。當我在路上遇見那些我熟悉和不熟悉，或者只是模模糊糊留下印象的地方時，這座城市就像是被我捧在手裡，又匆匆忙忙掃了幾眼的一本書。它之後就會躺在倉庫的箱子裡，消失在我的視野之外，沒人知道會有多久。

內部改造，關門歇業！

WEGEN UMBAU GESCHLOSSEN!

　　夢裡，我用一支槍結束了自己的生命。當槍聲響起，我沒有甦醒，而是怔怔地望了一會兒自己躺在地上的屍體。然後我才醒過來。

「奧革阿斯」[1] 自助餐館 [2]

»AUGIAS« AUTOMATISCHES RESTAURANT

　　反對偏執的單身漢的生活方式，這是最有力的
一句：他獨自一人吃飯。獨自吃飯很容易讓人變得
粗糙又生硬。習慣於此的人，為了避免走向墮落，
一定過著斯巴達式的生活。不管是否僅出於此，過
去的那些隱士在飲食方面都非常簡樸。因為只有
大家在一起聚餐的時候，飲食才獲得它的正當性。
飯點一到，食物就會被分好並分發給大家，不論是
對誰：在過去，桌邊有個乞丐會使每一次進餐都變
得豐富。重要的是分享和給予，而不是圓桌上的社
交。但令人不無驚訝的是，如果沒有美食，交誼的
愉悅又會大打折扣。饗宴可以消弭人與人的差別，
聯結人與人的情感。昔日的聖·日爾曼因伯爵[3]在

豐盛的宴席前保持空腹，以此而成為席間話語的統治者。可如果每個人臨走時都是空著肚子，那麼席間上演的就是充滿論爭的對抗。

---

1 譯注：奧革阿斯（Augias）是古希臘神話中厄利斯城邦的國王，擁有大批牲畜。掃除他牛棚的糞穢是海克力斯完成的十二件苦差之一。

2 一八九七年，飲食業第一家自助餐館在柏林腓特烈大街開業。至第一次世界大戰前，德國有將近五十家自助餐商號。

3 聖・日爾曼因伯爵（Graf von Saint-Germain），間諜，煉丹術士，小提琴手，生卒年不詳（推測為一七一〇一一七八四）。據卡薩諾瓦（譯注：Giacomo Casanova，一七二五一一七九八，義大利冒險家，作家。）的回憶錄記載，聖・日爾曼因伯爵在宮廷晚宴上詳細講述他宣稱自己親身經歷過的歷史事件，在講話過程中他是不進餐的。

郵票商店

BRIEFMARKEN-HANDLUNG

　　翻看一大摞舊書信的時候，那褶皺信封上早已
作廢的郵票，往往比幾十頁細細閱過的信箋還能告
訴你更多。有時人們也在明信片上邂逅它們，可卻
拿不準到底該把它們小心翼翼地揭下來，還是連同
明信片一起依原樣妥存，就好比一位古代大師的遺
稿，正反兩面是不同的真跡，都同樣珍貴。有些咖
啡館的玻璃匣子裡也存放了一些信件，它們是犯了
事的那些，被釘在恥辱柱上，在眾目睽睽之下任人
鄙笑。或者，它們是被人流放苦地，不得不在這堪
比薩拉—戈麥斯岩石荒島[1]的苦匣子裡，日復一日
年復一年地受苦受難？這些始終都沒有被開啟的信
件遭到了無情的對待；它們被剝奪了繼承權，在悄

悄地為自己長久以來所蒙受的苦難鍛造一次惡意的復仇。後來，它們中的許多都躺在了郵票商的櫥窗裡，向眾人展示它們被印章烙得體無完膚的身體。

人們都知道，有這樣一類收藏家，他們只關注蓋過郵戳的郵票，事實是大體不差的，因此人們願意相信，他們是唯一深入郵票內部奧祕的人。他們牢牢地抓住了郵票神祕莫測的那一部分：郵戳。因為，郵戳是郵票的陰暗面。有些郵戳是莊嚴隆重的，給維多利亞女王的頭像[2]環繞一圈神聖的光環；有些則是神祕的先知，給胡貝爾特[3]戴上一個殉道者的榮譽桂冠。但是，任何的施虐奇想都遠沒有這種做法來得邪惡：將條紋狀的鞭痕直接戳在人臉上，有如大地震一般把完整的大陸硬生生地撕裂。更有一種變態的快感，它來源於一對大相徑庭的反差，那就是慘遭蹂躪的票面和它美麗的白色絹紗花邊裙——那是郵票邊緣的齒紋。若是誰想一探郵戳的究竟，他就必須像偵探那樣，去掌握最臭名昭著的郵局的樣貌特徵，還必須像考古學家那樣，具備鑒定來歷不明的殘缺雕像的技術，還需要像猶太神祕教徒那樣，手裡掌握著關乎整個世紀資料的財產

清單。

　　郵票上面布滿了細密的小數字、小字母、小葉片和小眼睛。它們都是圖畫的細胞組織，密密麻麻地擠在一起，像低等生物那樣，即使被肢解也能繼續生存。所以，當人們把支離破碎的郵票一塊塊地拼貼起來時，會得到非常成功的圖像效果。可是，在這些郵票身上，生命總是散發著一絲腐敗的氣息，標示著這生命是由壞死的組織複合而來的。在它們的臉頰和不成體統的肢群裡，屍骨與蠕蟲已堆疊成群。

　　那長長的一組郵票上的顏色序列，難道折射出了我們不熟悉的太陽之光嗎？在梵蒂岡或厄瓜多爾郵局捕捉到的光線，難道是不為我們所知的另一種嗎？那麼為什麼不向我們展示一些更好的行星郵票呢？為什麼沒有那繚繞金星的上千層火焰色呢？為什麼也沒有火星的四個大灰色陰影，以及不用數字來標記票額的土星郵票呢？

　　陸地和海洋看起來僅僅是郵票上的小小省分而已，國王則不過是票面上數字的雇傭兵，數字可以隨心所欲地把自己的顏色潑到他們身上。集郵冊是

充滿魔力的參考書，在那裡，關乎王室和宮廷、動物、寓言以及國家的諸多資料都記錄在冊。郵件的往來就建立在這些面值的和諧對應上，正像星球的運行依賴於天體資料的和諧關係一樣。

老式的十芬尼郵票[4]只在橢圓形主圖的中央印有一兩個大號的數字，看上去很像最早問世的那批照片，我們從未謀面的親人鑲在黑漆漆的鏡框裡，居高臨下地俯視我們：他們是被編了碼的老姑姑，或是祖上的先人們。圖恩和塔西斯[5]的郵票上也畫著那樣的大碼數字，它們就像是著了魔的計程車計程表上的價碼一樣。如果某天晚上，你發現蠟燭的微光竟能從郵票背面完全地透過來，你應該不會感到驚訝的。可是還有一些小郵票，它們沒有齒沿，缺失貨幣單位和國名，在那稠密如蜘蛛網的條紋裡，只印著一個孤零零的數字。也許這樣的郵票才是真正的命運不濟吧。

來自土耳其的皮亞斯特郵票，上面的字體就好像一枚別針，斜插在一位頭腦精明、只是部分歐化了的君士坦丁堡商人的領帶上，它顯得過分耀眼和浮誇。這種字體身上有郵局暴發戶的特徵，和來自

尼加拉瓜或哥倫比亞的張牙舞爪的郵票[6]是一路貨色，它們尺寸巨大又齒沿不齊，好端端地把自己打扮成了鈔票。

欠資郵票是郵票中的鬼怪。它們從不改變自己的模樣。王室和政府的更替從它們身上就像從幽靈身旁經過一樣，沒有留下一絲痕跡。

小孩子手拿倒置的望遠鏡，向遙遠的國度賴比瑞亞望去：正像郵票所展現的那樣，細長的海洋後面長著棕櫚樹的地方是賴比瑞亞。他隨達·伽馬一起乘帆繞過一片岬角地帶，它和希望一樣呈等腰三角形，隨氣候的更替而變換色彩。這是好望角[7]的旅遊廣告。當孩子在澳大利亞郵票上看到天鵝時，不論標識面值的字體是藍色、綠色還是褐色，他看到的總是澳大利亞才有的黑天鵝。在郵票的這方池水上，黑天鵝彷彿在最寧靜的海面上，悠悠然遊弋向遠方。

郵票是各大國家分發在兒童房間裡的小名片。

像格列佛一樣，小孩子漫遊在他郵票上的國家和民族之間。關於利立浦特小人兒的地理和歷史知識，以及這個小民族全部科學知識的相關資料和名

稱，都在他安睡時悄然光顧了他的小腦袋。他參與小人國的事務，出席他們身著紫衣的國民大會，在旁觀看他們建成的小船首次下水，還和那些在灌木叢後面正襟危坐的酋長們舉天同慶，親歷一次次的週年盛典。

眾所周知，有這樣一種郵票語言，它與蘊含特定喻義的花語之間是一種類似於摩斯電碼與書寫符號的關係。可這盛開的花簇還能在電報機的枝幹上存活多久呢？戰後發行的那些色彩斑斕的偉大藝術郵票，不儼然是這片花圃中，臨秋盛放的紫菀和大麗花嗎？有位德國人名叫斯蒂芬[8]，他是讓·保羅的同時代人，這並非偶然。斯蒂芬在十九世紀夏意正濃的中葉栽下了這株秧苗，它不會活過二十世紀。

---

1 編注：Salas y Gómez，太平洋上無人島，位於復活節島以東三九一公里。法裔德籍詩人阿德爾貝特·馮·沙米索（Adelbert von Chamisso）曾為之作詩〈薩拉—戈麥斯自洪流升起〉。

2 一八四〇年至一九〇〇年，英國郵票上印有女王維多利亞的頭像。這是世界上第一枚郵票。

3 胡貝爾特（Humbert），可能是指義大利國王翁貝托
（Umberto）一世（一八四四一一九〇〇）。一八七九年至
一八九三年，印有翁貝托一世肖像的郵票在義大利發行。

4 十九世紀，許多德國郵票都在橢圓形圖像中間標記不同面值
單位的數字（諸如芬尼、先令、十字幣等單位）。十芬尼的
面值出現在一八六六年普魯士發行的郵票票面上。

5 譯注：圖恩和塔西斯家族（Thurn und Taxis）是神聖羅馬帝國
郵政的創始人。透過設立驛站，用接力的方式傳遞郵件，使
郵件的在途時間大大縮短。計程車（複數 Taxis）和該家族的
姓氏（Taxis）同形，班雅明借用了這一巧合。

6 尼加拉瓜和哥倫比亞等國家的郵票通常使用帶有大量花紋裝
飾的數字、人物肖像或其他主題，許多狀如鈔票。

7 一八五三年和一八六三年至一八六四年，曾發行過票形為三
角形的郵票，票面印有不同的面值和顏色，象徵帶錨的「希
望」。其後發行的所有好望角郵票均為矩形。

8 斯蒂芬（Heinrich von Stephan，一八三一一一八九七），德
國郵政業的組織者，但與讓‧保羅不是年代意義上的同時代
人。今天意義上的首枚郵票是由英國於一八四〇年發行的，
它的創始人是羅蘭‧希爾（Rowland Hill）。

有人講義大利語

SI PARLA ITALIANO

夜裡，我帶著極為痛楚的心情坐在長凳上。對面另一張凳子上坐著兩位姑娘。她們看起來想說些知心話，低聲地交談起來。周圍除我之外別無他人。我假裝自己聽不懂她們的義大利語，就是聲音再大也聽不懂。此時，面對這番用我聽不懂的語言進行的動機不明的竊竊私語，一種無從抵禦的感覺湧上心頭：好像一條清涼的繃帶，包紮在我疼痛的傷口上。

技術緊急救援 [1]
TECHNISCHE NOTHILFE

　　沒有什麼能比怎麼想就怎麼說出來的真理更
貧乏的了。這樣記錄真理的文字還不如一張拙劣
的照片。更何況，真理（彷彿一個不愛我們的小
孩，一個不愛我們的女子）拒絕面對任何文字的
攝影鏡頭，倘若我們只是埋頭半蹲在黑色的遮光
布裡，安靜又友好地投去注視的目光的話。真理
想要的恰恰是突遭一擊，讓它從兀自沉思的狀態
裡一驚而起，無論驚醒它的是一陣騷亂、一段音
樂還是一聲聲的呼救。有誰可想去數一數，一名
真正的作家的內心世界裡，到底裝備有多少用來
發出警報的信號？而「寫作」，它的含義不是別
的，正是要讓警報信號發揮真正的效力。只有這

樣去做，那鄂圖曼宮廷裡甜美可愛的姬妾才會噌地一下跳起來，從她凌亂的閨房，也就是我們亂哄哄的頭腦裡，就近抓起一件恰好落到手裡的綢緞披在身上，從我們面前一溜煙兒地跑掉，逃進人群裡。不過，這時的她必須儀態優雅，身輕體健，儘管自己是喬裝改扮，步態匆忙，但卻以獲勝者的姿態，嫵媚可人地混跡在眾人之中。

---

1 編注：Technische Nothilfe，原是德國威瑪共和時期帶有官方色彩的民防組織，成立於一九一九年，由前軍方人員與志願技術人員組成，用意在於重要設施（煤氣廠、自來水廠、電廠、鐵路、郵政、農業與食品生產等）遭遇罷工時，能繼續透過志願者維持運作（這導致他們被視為罷工破壞者），後歸屬於內政部。隨著罷工事件的減少，其主要工作逐漸轉移到災害管理、空襲防護與義務勞動服務等領域。然由於納粹時期該組織對軍事活動的參與，一九四五年遭盟軍勒令解散。

縫紉用具

KURZWAREN

我文章裡的引語[1]就像是路旁突然竄出來的強
盜，他們手拿武器，掠走了閒逛者的信念。

處決一名罪犯可能是合乎道德的 —— 但賦予處
決本身以合法性，卻絕對是不道德的。

上帝是全人類的供養人，可國家卻讓他們營養
不良。

那些在名畫畫廊裡來來回回走動的人們，臉上
流露出掩藏不住的失望：那裡掛著的只有畫。

---

1 班雅明此後又多次思考他的引文理論，這一理論同時也被
運用到他自己的創作方法中。在片論〈卡爾・克勞斯〉
（一九三一）中，他寫道：「透過同時具有拯救和懲罰功能

的引文，語言證明了自己是正義的母體。引文呼喚原文的名字，破壞性地將詞語從原有語境中打破，也正是因為如此，詞語又回到了它自身的本源。」在二十世紀三〇年代的後五年裡，班雅明在他的《拱廊街計畫》中這樣寫道：「書寫歷史即意味著援引歷史。援引這個概念，説的是每一個歷史對象都將從它的歷史語境裡被撕扯出來。」此外，班雅明在一九三九年發表的論文《什麼是史詩劇》的第五章〈可以引用的姿態〉裡寫道：「引用一段文字包含對其語境的切斷。因此，史詩劇由於是以間斷為基礎的，那麼在特殊意義上它就是一種可以引用的戲劇，這也就是可以理解的了。……『使姿態得以引用』是史詩劇的重要成就之一。演員必須像排字工排出帶間隔的版面一樣，使自己的姿態帶上間隔。」

稅務諮詢處
STEUERBERATUNG

　　毫無疑問，在衡量財富的尺度和衡量生命的尺度之間，我想說的是，在金錢與時間之間，存在一種隱祕的關聯。一個人的一生越是被微不足道的東西填滿，他的每個當下就越是支離破碎、變幻不定又毫不相干。而在這方面做得更優秀的人，他生命中的一個宏偉階段就能夠標識出他的全部存在。利希滕貝格[1]的建議非常中肯，即應當關注的是把時間縮小而不是把它縮短，他就此解釋說：「幾千萬分鐘構成生命中的四十五年，甚至比這更多。」如果在貨幣通行的地方，一千多萬個單位構成的數額都只能算是微不足道的話，那麼，為使生命作為總額來說顯得更加令人尊敬，它就必須以秒計，而不

是以年計。這樣一來，生命就會像一大捆鈔票，以零碎的方式一張一張地支出：奧地利就改不掉使用克朗結算的習慣。

錢和雨密切相關。天氣這件事就是這個世界狀態的索引。極樂天國萬里無雲，因此不知氣候為何物。還有一個國度萬里無雲，那是物產絕對豐富的王國，那裡也不會有錢從天上降落。

也許應該提供一份關於鈔票的描述性分析。這應當是一部憑藉它的客觀性才具有無限諷刺力量的帳簿。因為資本主義在任何其他地方都沒有像在這種文獻裡那樣，用無比鄭重的姿態暴露自己的幼稚不堪。在這裡，天真無邪的孩子們玩著數字遊戲，律法圖表被當作女神一樣高舉，老道的英雄們在錢幣面前把寶劍藏鞘不出，這是一個自為的世界：地獄之門的外牆。假如利希滕貝格當年看到紙幣開始大面積流通的話，他一定不會放過撰寫這樣一部帳簿的計畫。

---

1 譯注：利希滕貝格（Georg Christoph Lichtenberg，一七四二一

一七九九），十八世紀下半葉德國的啟蒙學者，傑出的思想家、諷刺作家，德語格言寫作的鼻祖式人物，同時還是數學家，自然科學家。

給資金短缺者的法律保護

RECHTSSCHUTZ FUR UNBEMITTELTE

出版商：我的期望極其慘痛地落空了。您的東西毫無吸引力，在讀者中間沒得到任何反響。我可是沒少在圖書的裝幀設計上投入，為發廣告也把錢掏了個精光。──您知道的，我是一如既往地器重您。但是，如果現在我的商業良心站出來說話，您可不能因此而責怪我。對待每一位作者，我都是盡我所能地幫助他們，可畢竟我也要養家。當然了，我並不是說要把最近幾年的損失都記到您的帳上。但是這種失望的苦澀感卻無法消失。很遺憾，我現在絕對不能繼續支持您了。

作者：我的先生！您為什麼要成為一名出版商呢？

這點我們馬上就會清楚。不過在此之前，請允許我先說一件事：我在您的工作簿上是作為二十七號登記在冊的。您出版了我的五本書；也就是說，您在二十七號身上押了五次寶。但二十七號沒有勝出，對此我很遺憾。順便說一下，您只是把我當作跑馬場上的一匹馬來下注的。下注在我身上，僅僅是因為我的編號緊挨著您的幸運數字二十八而已。——您為什麼成了出版商，現在該明白了吧。您本來是能夠和您的父親大人一樣，好好地抓住一份體面的職業從事終生的。可您從來都不會做長遠考慮——年輕人嘛，就是這樣。繼續放任您的習慣吧。但最好不要把自己偽裝成老實忠厚的商人。如果有天賭輸了一切，也不要擺出一副無辜的面孔；切切不可再跟人講您每天八小時是如何忙碌地工作，如何忙到夜裡也不能安寢了。「最重要的一點，我的孩子，要誠實和真實！」[1]別衝您的這些編號發飆！否則他們會炒了您的魷魚！

---

1 取自德國詩人羅伯特・萊尼克（Robert Reinick，一八〇五——八五二）的詩作〈德國式忠告〉裡的第一句詩行。

夜間急診門鈴

NACHTGLOCKE ZUM ARZT

性滿足使男人從他自己的祕密裡解脫了出來。這個祕密並不在於性欲本身,而在於性欲的滿足,並且可能恰恰就在性欲的滿足中,祕密被從中間切斷——而不是解開。這個祕密可以比作維繫男人生命的繩索,女人割斷了它,男人就將赤裸裸地、無所倚傍地走向死亡,因為他的生命已經失去了祕密。他由此而重獲新生。就像他所愛的女人把他從母親的魔力下解放出來一樣,女人讓他更徹底地與大地母親斷絕一切聯繫。女人是助產師,剪斷了男人植根於自然奧祕中盤結成的那條臍帶。

阿麗婭娜夫人
住在左邊的第二個庭院
MADAME ARIANE ZWEITER HOF LINKS

　　如果有誰向女占卜師卜問未來，他就已經在不知不覺間洩露了未來事件的精髓部分，而這要比從女占卜師那裡聽到的準確上千倍。占卜更多的是受到懶惰的驅使，而非好奇心使然。與命運揭曉時俯首是從的愚鈍姿態相比，最判若兩然的莫過於勇敢的人善用冒險而機巧的行動來安排未來。因為明察善斷是占卜的玄機；精確地察知當前這一秒裡發生了什麼，比預料最遙遠的事情關鍵得多。預兆、預感和各種信號日日夜夜都像衝擊波一樣穿過我們的機體。是闡釋它們還是使用它們，這是問題所在。但兩者不可調和。怯懦和懶惰會驅使人選擇前者，理智和自由的頭腦則會給出後一種建議。

因為一旦預言或警告轉換成了詞語或形象符號的仲介，它就已經失去了最佳效力，失去了那種觸動我們的中樞，強迫我們幾乎是不知不覺就按其指令行事的效力。當我們忽視這一點，並且只有當我們忽視它的時候，預言或警告才會被成功破譯。我們讀出了它，但為時已晚。所以，當你無意間聽到一場火災或者晴天霹靂般地聽聞一則死訊時，在你最初的無言震驚下會湧上一股負罪感，一種無可名狀的自責：你對此真的壓根兒沒有意識到嗎？當從你的嘴裡最後一次說出死者名字的時候，他的名字聽上去難道不是有些異樣了嗎？昨夜熊熊燃燒的大火難道沒有向你發出你現在才看懂了的信號嗎？當你喜歡的一樣東西丟了，在幾小時、幾天之前，難道沒有出現洩露天機的某道光暈，或者一陣譏笑、一段哀悼嗎？記憶就像紫外線，在每個人的生命之書上都留下來一段不可辨認的文字，那是為整個生命文本作釋的預言。但是混淆意圖的人將遭受懲罰：如果把尚未經歷的生活交付給紙牌、神靈和星相，它們就會在剎那間把未來的生活消耗殆盡，為的是將它玷汙後再還給我們；如果身體的力量被濫用而據

此去掂量和戰勝命運，也一樣難逃懲罰。那將是命運受辱的時刻，是命運服膺於身體的時刻。而把到來的威脅轉化為狀態飽滿的現在，是唯一值得追求的通靈奇跡，它是由身體完成的明察善斷的傑作。這樣的行為在遠古時期屬於人的日常活動，在那時，人類就已經被賦予了最可靠的占卜工具：赤裸的身體。古人早就通曉此類的真正實踐，當西庇阿跌跌撞撞地踏上迦太基的土地時，他張開雙臂撲倒在地，大聲呼喊勝利的暗語：「我擁抱你，非洲的大地！」他用自己的身體去連接凶兆展露面容的瞬間，使他自己成為身體的奴役。在這點上，古代諸如節食、禁慾和守夜等苦行歷來都是此類實踐的最高境界。新的一天把每個早晨都像一件新襯衫一樣送到我們床前，它無比纖細，針腳無比地緊密，由純粹的預言編織而成，像量身定做的那樣合身。接下來的二十四小時裡即將發生的幸運，就取決於我們醒來時是否懂得抓起這件嶄新的襯衫。

面具存放間
MASKEN-GARDEROBE

通報死訊的人感到自己非常重要。他的心靈感受使他成了一名來自冥府的使者，儘管這有悖於所有理性。由於冥府的死者群體是那樣地龐大，所以就連他，一個只是傳遞死訊的人，都能感應得到他們。在懂拉丁文的人那裡，「到大多數人那裡去」，這句話的含義是死亡。

在貝林佐納火車站候車廳，三位神職人員引起了我的注意。他們坐在我斜對面的長凳上。我仔細觀察起中間那位的姿態，因為他頭戴紅色無簷帽而顯得比他的兩位兄弟都突出。與他們交談時，他雙手合十放在膝上，只是偶爾會稍許提起左手或右手，做些非常輕微的動作。我想：他的右手一定每

次都知道左手在幹什麼。

誰不曾有過剛從地鐵通道裡出來，就被外面燦爛的陽光照得大吃一驚的經歷呢？事實上就在幾分鐘前他走下地鐵時，陽光和現在是一樣的明亮。他是如此快地就忘記了人世間的天氣。這個人世也會很快把他遺忘。就個人存在而言，除了說出自己就像這天氣一樣，如此溫柔又貼近地走進過兩三個人的生命以外，究竟誰還能道出更多的意義呢？

莎士比亞和卡爾德隆[1]戲劇的最後一幕總是充滿搏鬥的場面，那些國王、王子、年輕的貴族騎士以及隨從們紛紛「逃也似的登臺」。在觀眾清晰看到他們的那一刻，他們的表演也停止了。舞臺限制了戲劇人物逃跑動作的完整呈現。他們進入到沒有參與其中但卻認真思考的觀眾們的視野範圍，這讓這些被拋棄者們長舒了一口氣，並在他們周圍製造出一縷新鮮的空氣。因此，舞臺現象中的這種逃遁似的登場就具有了一層潛藏的意義。我們在閱讀這種戲劇程序時會帶有對特定舞臺部位、光線和腳燈燈光的期待。在那特定的燈光裡，我們生命中的倉皇逃遁即使在陌生人的睽

睽注視下大概也可安全藏匿。

---

1 編注：佩德羅‧卡爾德隆‧德‧拉‧巴爾卡（Pedro Calderón de la Barca），十七世紀西班牙劇作家，被認為是西班牙黃金時代與巴洛克時期最傑出的劇作家之一，代表作為《人生如夢》（*La vida es sueño*）。

賽馬投注站

WETTANNAHME

　　資產階級生存活動的展開，在於對各類私人事務的嚴加管理。一種行為方式越是顯得重要和影響重大，它也就越能免去檢查。政治傾向，財政狀況，宗教信仰 —— 所有這一切都想把自己掩藏起來，而家庭就像是一座破舊昏暗的房屋，在它的隔板小屋和各個角落裡，黏附了所有最卑劣的本能。老男孩聯盟[1]宣告了性愛生活的徹底隱私化，求愛變成了兩人之間，四目之下，默默進行的艱難過程。這種徹底私人化的求愛擺脫了一切責任的羈絆，它才是時下「曖昧關係」的真正新義所在。而無產階級和封建式的求愛類型與此相反，就這兩種類型而言，男人在求婚中要戰勝的，毋寧說是情敵

而不是女人。可這恰恰意味著給予女人更深層次的尊重，遠比尊重她們的「自由」還要深刻；這還意味著，男人是順從女人的意願，而不對她們加以任何的詢問。性愛中心被置於公共領域，這是封建和無產階級式求愛的特點。因此，在這樣或那樣的場合下和一個女人一起登臺露面，可能比擁她入眠的意義更多。所以說，婚姻的價值並不在於伴侶間毫無創生力的「和諧」：就像兩個人在爭鬥和較量中造出孩子這個古怪的產物一樣，婚姻中的精神強權也在此間誕生。

---

1 譯注：Philisterium，又名 Altherrenverein，老男孩聯盟。其成員為畢業後進入工作階段或在職場中的大學生。

立飲啤酒館
STEHBIERHALLE

　　船員很少離船上岸。與在港口常常沒日沒夜地裝貨卸貨相比，在海上工作已經算是週末的休假了。每當一隊船員終於可以上岸休息幾小時的時候，夜幕往往已經降臨。他們能遇到的最好情況，就是在通往酒館的路上還有一座教堂，像座黑黝黝的大山屹立在路旁。啤酒館，它是每個城市的解密鑰匙；知道哪裡可以喝到德國啤酒，就是一個人所需要掌握的全部地理和人文知識。在德國船員酒吧裡，一張城市夜生活地圖就這樣鋪開：從酒館到妓院，再到其他小酒館，找到它們都不費吹灰之力。酒館的名字早就於海員的桌邊漫談間，在海上飄蕩好多天了。因為每當離開港口，下一個港口的當地

酒館、舞廳、漂亮女人和本地菜的譚號就會像海上信號旗那樣，一個接一個地升起來。可是誰又知道這次靠港後還能不能上岸呢。正是出於這個原因，每當船隻剛剛申報靠岸，駛到港口，小商販們就帶著各式各樣的紀念品一擁而上，在甲板上兜售：項鍊、風景明信片、油畫、刀子，還有各種大理石小雕像。一座城市的景觀還絲毫沒有被遊覽的足跡，就已經被這樣買到手了。在海員的箱子裡，有一幅巴勒莫城的全景畫，一張什切青港波蘭女郎的照片，旁邊是一條產自香港的皮帶。這些家當才是他們真正的家。事實上，市民心中的遙遠異邦，在他們的認知裡也是朦朦朧朧。因為每到一座城市，他們首先要做的是船上的工作，然後才輪到去想什麼德國啤酒、英國剃須皂以及荷蘭的煙草。骨子裡，他們對國際工業標準了然於胸，不管是棕櫚樹還是冰山都騙不了他們。他們早就「吃透」了什麼是接近，對他們來說，入眼的只有最細微的差別。他們能更出色地就魚的不同烹飪方式，而不是根據房屋建築或自然景觀的區別來辨認各個國家。所以，船員對細節的指掌程度精到至極，以致可以在海上與

其他船隻相切般地交錯而過（若遇本公司船隻，還會鳴笛致意），對他們而言，這就好比行駛在一條條車水馬龍的公路上，大家要互相禮讓。在寬闊的海面上，他們居住在這樣一座城市裡：在馬賽的麻田街[1]上，是埃及塞得港的酒吧，在酒吧的斜對面，是一家漢堡妓院，還有巴賽隆納的加泰羅尼亞廣場，上面矗立著那不勒斯城的蛋堡[2]。在船長心中，故鄉的城市還是第一位的。而在普通的水手，或是伙夫，以及那些靠苦力在船上搬貨的勞工那裡，這些交疊的海港早已不再是家鄉，而更像是搖籃。如果你去聽他們的滔滔不絕，你就會發現，在他們的四方遊歷中到底隱藏了多少的謊言。

---

1 編注：La Canebière，法國馬賽老城區的主要街道，街道盡頭即為馬賽舊港。中世紀時舊港附近土地多用於種麻，以產製航海用的繩索，因而得名。

2 編注：Castel dell' Ovo，位於義大利那不勒斯灣的一座海濱城堡，得名自羅馬詩人維吉爾將蛋置於城堡地基中以支撐城堡的傳說。

禁止乞討和兜售！

BETTELN UND HAUSIEREN VERBOTEN!

所有的宗教都非常尊重乞丐。因為乞丐證明了，在施捨這樣一件樸實又平庸、神聖又賦予生命以動力的事情上，精神與一般原理，現實後果與基本原則都極其可恥地失效了。

南方有人對乞丐報以種種的抱怨，但卻忽略了，乞丐在我們面前的堅持就和學者面對艱澀著作時的執著一樣，是那樣地合情合理。我們臉上掠過的些許猶疑不定、最輕微的善願或是考慮，這些蛛絲馬跡沒有乞丐覺察不到的。馬車夫會用他的吆喝聲向我們表明，我們不會反對坐上他的馬車走一程；小攤販會從他的一堆破爛貨中，翻出可能會讓我們心儀的唯一一條項鍊或

鑲有浮雕的寶石。他們通透他人之心的功夫都屬
於同一種。

到天文館去

ZUM PLANETARIUM

　　如果人們要用最精練的語言講出古典時期的教義，就像彼時用單腳站立的希勒爾[1]一語道明猶太教教義那樣，那麼這句話一定是：「世界只屬於那些善借宇宙之力生存的人。」[2]古人和現代人之間最大的區別，就在於前者能夠完全投入到一種宇宙經驗中去，而這種投入對後者來說幾乎是完全陌生的。早在近代肇始之初，天文學的繁榮就預示了這種投入精神的日漸衰退。克卜勒、哥白尼和第谷·布拉赫一定不僅僅是受到了科學衝動的驅使。但是罔顧其他，單一地強調與宇宙之間的視看關係，這裡面就已經蘊含了未來的不祥之兆，天文學後來迅速導致的結果就是對這種視看關係的強調。而古典

時期的宇宙經驗卻截然不同，人們是在迷狂中與宇宙往來。[3] 迷狂是這樣一種經驗，它確保我們能同時得到最近和最遠的東西，而不是得到一方的同時就失去另一方。然而這意味著人只有在集體裡，才能迷醉在與宇宙的溝通中。現代人走上了一條危險的歧途，認為這種經驗無足輕重，可以避免，只把它留給了單獨的個體，任由個人在繁星閃閃的璀璨夜空下做些醉心的幻想。可事實遠非如此，這種經驗總會時不時地重新冒頭，無論哪個民族，哪個世代，幾乎都無法回避。剛剛過去的那場戰爭已經極其可怕地表明了這一點。那是一次妄圖與宇宙力量重新聯姻但求愛卻永遠被拒的嘗試。人群、毒氣、電能被投放到空曠的原野上，高頻電流擊穿大地，新的天體在空中開裂，螺旋槳推動器把高空與深海翻攪得上下轟鳴，而在大地母親的身上，到處都深挖出一道道淪為人殉祭祀的豎井。這次向宇宙的大尺度求愛，首次以星球的標準即技術的精神展開。但是，由於統治階級逐利的貪婪心性企圖用技術來報償他們的欲望，於是，技術背叛了人性，婚床變成了血海。帝國主義者如是教導人們，駕馭自然是

一切技術的意義所在。可是誰會相信一個用拳腳施教，宣稱教育的全部意義就在於家長控制孩子的棍棒大師呢？教育難道不應該首先厘清各代人之間必要的關係嗎？即使談到駕馭，難道不也是對各代人關係的駕馭，而遠不是對孩子的駕馭嗎？同樣的道理，技術也不是對自然，而是對自然與人之間關係的駕馭。雖然早在幾萬年前，人類作為物種已經完成了自身的演化；可是同樣作為種屬的人性才剛剛開始它的發展。技術為人性構建了這樣的一個自然機體[4]（Physis），在其中，人性與宇宙之間正在形成一種不同於在民族或家庭內部的全新關係。在此只需要回想一下過去關於速度的經驗就夠了。如今，人類已經準備好，借助它的力量進行一場駛向時間內部的不可估量的旅行，就像過去生病的人在高山或南海海濱度假，為身體獲得強有力的生命節律一樣，這場旅行的目的就是發現這種節律。像月亮公園[5]一樣的各類休閒場所是療養院的前身，不過真正擁有宇宙經驗的視看者並不束縛在我們通常稱之為「自然」的丁點碎片化空間上。在上次戰爭中的一個個毀滅之夜裡，一種像極了癲狂病人的狂喜情

緒急邊衝擊著人性機體的各個部位。而緊隨那次戰
爭而至的革命運動，就是人性努力控制它全新機體
的首度嘗試。無產階級的力量就是判斷體格康復的
標準。如果無產階級不能透過嚴苛的訓練[6]把它牢
牢掌控，那麼任何和平主義的論說都無力拯救這具
軀殼。生命有機體只有透過創生的迷狂才能戰勝毀
滅的瘋狂。

---

1 譯注：希勒爾（Hillel，約西元前六〇年一西元一〇年），古
　猶太教法利賽教派學者，大希律王時期猶太教公會的領袖和
　大拉比，猶太教史上著名的四大拉比之一。據說一個外邦人
　請求拉比在單腿站立的時間內為他講述猶太教的全部律法。
　其他的拉比都予以拒絕，只有希勒爾對他說：「己所不欲，
　勿施於人，這就是《摩西五經》的全部，其餘的都是注釋，
　去學吧。」
2 班雅明在這裡指的是路德維希·克拉格斯（Ludwig Klages，
　一八七二一一九五六）的著作《宇宙起源的厄洛斯》。班雅
　明在一九二三年二月二十八日寫給他的信中提到該書。克拉
　格斯在書裡是這樣講的：「古典時期的生命感知是宇宙式
　的……」（路德維希·克拉格斯：《宇宙起源的厄洛斯》，
　頁九十九，慕尼黑，格奧爾格·米勒出版社，一九二二。）
3 參見克拉格斯《宇宙起源的厄洛斯》中關於「三種形式的宇
　宙迷狂」的論述。（參見路德維希·克拉格斯：《宇宙起源
　的厄洛斯》，頁五十三～五十六，慕尼黑，格奧爾格·米勒

出版社，一九二二。）

4 譯注：Physis 是與神學、哲學和自然科學相關的術語，從希臘語 φύσις 而來，指骨骼、身體、自然物及一切自然創造的東西。這個單詞可考的最早使用紀錄是在荷馬的史詩《奧德賽》第十卷裡：「言罷，阿耳吉豐忒斯給我那份奇藥，從地上採來，讓我看視它的形態，長著烏黑的莖塊，卻開著乳白色的花兒，神們叫它『魔力』，凡人很難把它挖起，但神明卻沒有做不到的事兒。」所以該詞最初用來指植物、動物或一切自然物的生長過程。蘇格拉底把該詞的意義擴大，統指「自然」。後來亞里斯多德繼續把自然物（物理學 Physik 的對象）、形而上者（形而上學 Metaphysik 的對象）和人造物（techne，藝術、自然科學和技術）三者區分開來。

5 譯注：柏林月亮公園（Lunapark）開放於一九〇九年，位於選帝侯大道西向終點，瀚藍湖（Halensee）旁，是當時歐洲最大的遊樂園，仿照紐約康尼島而建。在剛開放的前幾年裡，每天的遊客接待量高達五萬，週末的遊客數量則更為可觀。在第一次世界大戰及其後的經濟蕭條期，月亮公園經歷了長期的衰敗，一九二九年經大修後重新開放，但始終都不能回到先前的繁榮，最終於一九三三年關閉。

6 譯注：Disziplin，既指對身體的訓練，又指士兵、學生應遵守的紀律。

譯後記

　　按照班雅明的最初構想，《單行道》只是一份「寫給朋友們的小冊子」（*Plakette für Freunde*）。Plakette 源出法語 Plaquette，指一種較為特別的平裝書，篇幅短小，薄薄一本，通常以詩歌或靈活精巧的文類為主。班雅明在一九二四年十二月寫給朔勒姆的信中這樣設計他的小冊子：「我想用幾個章節收錄我的一些格言、諷喻和夢境，每個章節都會以我一位親近的朋友的名字作為唯一標題。」[1] 但在後來成書之前，已有近乎半數篇章陸續發表於報刊。書的標題也幾經易名，「此路不通！」（Straße gesperrt!）[2] 便是其中之一，直到一九二六年七月，標題「單行道」（Einbahnstraße）才在班雅明致克拉考爾的信中被明確，信中還提到了這本書「獨特的、令人驚奇的謀篇布局」[3]。同年九月，班雅明通知朔勒姆，他的這部箴言寫作大功告成。

　　一九二八年一月，《單行道》在羅沃爾特出版社出版，俄羅斯攝影師薩沙・斯通[4] 用攝影蒙太奇的手法為該書設計了封面。書籍的內部設計也十分特別，採用左右對開，中間兩條黑色分隔號隔開的樣式。標題的排版則為左側左對齊，右側右對齊，

從而在平面上製造出一種立體感——中間是一條視覺上通向遠方的街道，一篇篇短小精悍的文章夾立兩旁。讀者好像班雅明式的遊蕩者（Flaneur），漫步於街道中央，從建築物的外立面一一掠過，經過加油站、文具店、站著喝酒的小酒館⋯⋯看到各式各樣的看板、警示牌、電影海報⋯⋯既沒有一以貫之的主題，也沒有確切落地的結論，看似一覽無餘，實則機關重重。而作者似乎已超然於這條單行道之上，靜靜等待行人在苦苦找尋的認知過程中產生自我救贖。

《單行道》還有後續生命。在它出版之後，班雅明又繼續在原來的框架下思考，寫出了四十多篇風格與前一致的精悍小品。一九二八年二月二十五日，班雅明寫信告訴克拉考爾他在創作「《單行道》的配樓，它仍然掩藏在那種架構之下」[5]。直到一九三四年，班雅明將他寫出的同類短篇歸入到手稿的「《單行道》增補篇」中。這部分文章在阿多諾夫婦一九五五年編撰的《班雅明作品集》兩卷本裡出現在「短篇」下，而在蒂爾曼・雷克斯羅特（Tillman Rexroth）出版的《班雅明文集》第四卷

中，它們和班雅明的另外一些短篇被歸入到「思想圖像」（Denkbilder）中，這裡體現了編撰者對文體分類的不同考慮。

此譯本依照蘇爾坎普出版社二〇〇九年出版的《華特·班雅明：著作與遺稿（校勘評注完整版）》第八卷《單行道》（*Walter Benjamin. Werke und Nachlaß.Kritische Gesamtausgabe*. Band 8: Einbahnstraße. Hrsg. v. Detlev Schöttker, Frankfurt a. M. 2009）譯出，增補部分將另行譯出。為更好地理解班雅明，也出於為研究者提供可靠參照的考慮，本書選譯了該版本第三五一至第三九八頁的注釋，附在註腳。其中有些是史料考證，有些是補充說明，它們也許就能成為理解文本奧祕的鑰匙。

在這裡，譯者要感謝李士勳、張耀平、王才勇、王涌等前輩的翻譯。品讀它們一方面使我加深了對文本的理解，另一方面又讓我感受到譯者對原文的理解何以在不同程度上影響了翻譯，形成了對原作的一種闡釋。理論上來說，文本自身的確定性越是缺失，翻譯的闡釋性越大。翻譯工作者的一次次努力，都是為復原花瓶的原貌，多添加一片與

前不同的碎片。劉北成老師從企鵝版英譯本對〈帝國全景〉篇及「十三系列」篇有過悉心校對，並就譯文風格和用詞給予了有益指教。王建老師、李永平老師和孫曉峰老師都對部分譯文的翻譯提出了他們的寶貴意見。洪堡大學歷史系博士候選人 Martin Wagner 同我一起對半數以上的文本進行了細讀和討論。在此向他們表達我最衷心的感謝！受限於譯者有限的翻譯水準，謬誤恐在所難免，敬請讀者不吝指正。

姜雪

二〇一九年十一月

1 Walter Benjamin. *Briefe.1*. Hrsg. u. mit Anmerkungen versehen von Gershom Scholem u. Theodor W. Adorno. Frankfurt am Main: Suhrkamp Verlag, 1. Auflage, 1978, S. 367.

2 Walter Benjamin. *Briefe.1*. Hrsg. u. mit Anmerkungen versehen von Gershom Scholem u. Theodor W. Adorno. Frankfurt am Main: Suhrkamp Verlag, 1. Auflage, 1978, S. 428.

3 Walter Benjamin. *Gesammelte Briefe*. Band III. Hrsg. v. Christoph Gödde u. Henri Lonitz. Frankfurt am Main: Suhrkamp Verlag, 1. Auflage, 1997, S. 181.

4 薩沙‧斯通（Sasha Stone，一八九五一一九四〇），出生於俄羅斯的猶太人攝影師，早年移居波蘭、美國、英國等地，後在巴黎和柏林學習雕塑，活躍於達達主義者圈子。一九二四年起，薩沙在柏林開設攝影工作室承接工業和商業廣告，舉辦攝影展，最知名的作品之一就是為班雅明設計的《單行道》封面。

5 *Walter Benjamin. Gesammelte Briefe.* Band Ⅲ. Hrsg. v. Christoph Gödde u. Henri Lonitz. Frankfurt am Main: Suhrkamp Verlag, 1. Auflage, 1997, S. 339.

附錄

評華特·班雅明的著作 [1]

齊格弗里德·克拉考爾 [2]

　　近日，華特·班雅明的兩部專著由恩斯特·羅沃爾特出版社出版。一為《德意志悲苦劇的起源》（兩百五十七頁，精裝本，八開），呈現並詮解了在巴洛克悲苦劇的實在中體現自身的本質實存（除此之外還蘊含了更多的內容）。另一部《單行道》（八十三頁，精裝本，四開）是一本箴言集，這些箴言在鮮為人知的街道之網上，時而偏離時而又匯入當前生活的現象之流。

　　如果暫且不論這兩部作品在主題上的分野，則它們作為對某種思考的表達同屬一類。對於這個時代的思想來說，它是非常陌生的。從源頭上講，它同猶太教法典和中世紀的短論（Traktat）更加接近。因為同後兩者一樣，它

的表達形式是闡釋。它的意圖是神學性的。

班雅明自己把這種思考方法描述為單子式的。它對立於意欲用普遍概念來確證世界的哲學體系，總而言之，它是抽象的一般化的對立面。抽象是把種種現象聯結在一起，其目的在於把它們攝入形式概念的或多或少都具有系統性的關係當中，而班雅明則援據柏拉圖的理念論和經院哲學，強調非連續的複多性——與其說是現象的，不如說是**理念**的複多性。複多的理念在歷史的晦暗仲介下體現自身。像悲苦劇就是一道理念。

對於這種思想來說重要的是，它不是從與生動的現象所取得的直接聯繫中得出理念。與現象保持直接關係的觀察者，或者感知現象的形態，或者把現象理解為某些概念的現實化。但無論是如何感知的，在班雅明看來，一種現象在直接的交互關係中呈現自身的方式，幾乎不能表明被現象所遮蔽的本質。現象的生動形態一縱即逝，從其中抽離出來的概念一文不

值。簡言之：世界呈予直面它的觀察者以某種形象，而他必須將此形象毀至破碎，才能達至本質。

在悲苦劇著述裡，班雅明示範性地將「巴洛克悲苦劇」的總體拆解為諸多重要的元素。這樣的分解為表達理念是必不可少的，其中一個元素就是**寄喻**。依據原始資料，班雅明追溯至寄喻的意圖起源，即重返寄喻的真正意義袓示自身的歷史時刻。一種極為罕見的預見能力使他潛入到本質的祖先世界，使他能夠發現，是什麼從一開始就與這些本質相諧相宜。他對寄喻的闡釋是令人欽佩的。他前無古人地從原始文獻證明，走向死亡的自然——對巴洛克藝術而言，作為世界苦難史的歷史就是自然——是如何在一個憂鬱者的眼裡化為了寄喻。當所有的元素都載滿了它們意義的極端之後，班雅明指出了**辯證**運動；在巴洛克悲苦劇的藝術構型裡，一切元素都被裹挾進這場運動。如下這點表述是完全得當的：對班雅明而言，

從來不是讓本質在一個抽象的上位概念裡得到庇護，自始至終都關涉到的只有那些能夠保持其全部具體性的辯證合題。如果在理念的標識下集結起各種意義，那麼它們就有如電光火石般迸濺出來，進入到彼此之中，而不是在一個形式概念裡「揚棄」自身；它們又重新以辯證的方式在歷史長河裡各自落座，並分別都擁有自己獨特的後繼史。

傳統的抽象思維與班雅明運思的不同之處大概就在於：如果說前者抽乾了對象的具體豐富性，那麼後者則為了展開關於本質的辯證法，而一頭鑽進了材料的稠密樹叢中。這種思維絕對不與泛泛之談為伍，它穿越歷史而追蹤某些特定理念的發展歷程。對班雅明而言，由於每個理念都是一個**單子**，所以在他那裡，每個理念的表達，都好像是這個世界的自我呈現。「與之前之後的歷史一同進入理念的存在以其自身隱匿的角色賦予剩餘的理念世界以簡化了的、晦暗不明的角色……」

　　歷史學家、文學史學家和藝術史學家——
更不用提哲學家了——都將在這部論悲苦劇的
著作裡各取所需。一種對意義和理念非同尋常
的認識與這位學者的淵博精深連袂合作，他
所具有的哲學洞見必會促使他進入不為人知
的邊緣史料中去。這部著作提供的是一種關
於古代悲劇的全新理論；除了對寄喻的闡釋
之外，它還從巴洛克戲劇舞臺上的物質內容
（Sachgehalt）中解讀出偉大的本質，比如命
運、榮譽和憂鬱；悲苦劇配角的意義以及隸屬
於悲苦劇的所有要素所蘊含的意義全都得到了
啟明；經典的命運劇和浪漫派的後繼者們也在
論述之內。可以肯定，如下這點還從未得到過
如此有力的證明：本質不是從歷史中衍生，而
是與歷史一同開始。從班雅明的這部論著起，
人們將會用與既往不同的眼光看待巴洛克，並
且不僅僅是巴洛克。

　　這裡，在方法起到關鍵作用的地方，最重
要的首先是：該悲苦劇論著不僅包含了在材料

中具體化了的理念的意義史，還包含對理念世界的永恆秩序的直觀視看。把班雅明引領至最初起源的預見能力助他獲得了把握本質的真正處所的認知，這種認知完全有理由被稱作是神性的。在他面前，世界是**被遮擋的**，就像神學審思自古以來都認為的那樣。這也正是班雅明之所以相信必須無視直接性，必須拆毀牆面和拆解外形的原因。在他那裡，如下這點是非常合乎邏輯的：他幾乎從不在構成物和現象的興盛期時走近它們，相反地，他是在逝去的歷史中搜尋它們。在他眼裡，活著的人們有如夢幻一般模糊不清，衰落階段中的他們才變得稀疏而清晰。他從已然衰亡並脫離當前關係的藝術作品和事態中大獲豐收。因為，當緊迫的生命被從中抽走，它們便在本質的秩序前變得一目了然。

　　憑藉對這一秩序的洞察，班雅明希望完成相適於神學冥想的拯救行動。自始至終，要予以證實的都是他的這番獨特抱負：偉大的事物

是渺小的，渺小的東西是偉大的。直覺的探
泉叉探入到那片被普遍剝離價值、為歷史一掠
而過的毫不起眼之物的領地，恰恰就是在這裡
挖掘出了最高的意義。在巴洛克悲苦劇的這塊
不毛之地上逡巡，賦予寄喻以通常觀念下不及
象徵所占有的分量，班雅明這樣做不是沒有道
理。寄喻在班雅明的描述下非常獨特，它拯救
古代諸神；借由寄喻，諸神的生命得以在中世
紀基督教的敵對環境下繼續。班雅明冥思的另
一動機，是揭開歷史進展過程當中，那些被認
為是或者在意象中凸顯為是救贖的隱蔽位置和
節點。「是啊／當最高者從教堂墓地獲取收成
／我這死亡之首就會變成天使的面容」這句援
引自洛恩斯坦[3]〈風信子〉（*Hyacinthen*）裡
死亡頭顱的口中箴言，作為一首題詩被置於悲
苦劇著述的最後一節開頭。這節論述的是憂鬱
進入上帝世界的轉變，並把聖化場景詮釋為指
向解脫之道的暗示。或許班雅明思想的本來意
圖，就是無處不在追蹤這一進程：在天堂和地

獄之間，它上演於萬物的背後，又間或可見地
闖入我們夢幻世界之中。在某種與齊克果自名
為「基督教界的祕密特工」的相似意義上，班
雅明也足可稱自己是一位神祕特工。

　　《單行道》裡若干極端化的箴言表現出班
雅明想把世界從睡夢中喚醒的希望。這部由有
些過分詭譎的智慧寫成的小書——我們也在副
刊裡刊登過其中的許多短篇——集中了來自最
為迥異的個人和公共生活空間的隨想。隨意舉
出幾例：古怪的夢境敘述，童趣場景和某些令
人聯想起淺浮雕的精巧輪廓的圓形雕飾——它
們被用作即興語智生發的典型場所（如年會集
市、港口），還有偶爾被記錄下來的令人驚異
的冥想所得，這些語錄關於愛情、藝術、書籍
以及政治。此外，各種思考的價值也是有所差
異的。除了某些也許仍尚待潤色的筆記外，還
有一些純粹的機智言說，不時還會遇上並非是
任意出現的個人觀感，像紀念碑一樣高高矗
立——比如力求刻畫德國通貨膨脹的〈帝國全

景〉。看起來，班雅明似乎是有意將他所獲得的諸多不同視角都在這一部書裡開啟，以便也可由此來證實世界的非連續性結構。就《單行道》的整體姿態而言，所有箴言都在指向這個個人主義盛行的幼稚資產階級時代的終結。在巴洛克著述中使用到的將直接經驗的整體分解開來的方法被運用到了當代，它需要獲得即使不是革命性，也必須是爆破性的意義。事實上，這部文集的爆破點比比皆是。在瓦礫堆後出現的，更多的不是那些純粹的本質，而是指向本質的細小的物質微粒（比如早晨的空腹狀態和洗漱等所寄寓的意義）；這部作品以其獨特的**唯物主義**而區別於先前的著作。在那些通常被忽視的地方進行拆除和澄清，這符合班雅明的整個運思過程。「觀念」，正如他在第一篇箴言裡就強調的：「觀念之於社會生活的龐大系統有如機油之於機器：你不是站到渦輪機前把機油一股腦地灌進去，而是只取一點兒，把它噴注到那些極為隱蔽的鉚釘和縫隙裡去，

人們必須能辨認出這些位置。」

　　當然，理應被攪動不安的生活本身幾乎沒有被納入考察範圍。《單行道》對當代的闡釋遠不及班雅明從巴洛克悲苦劇的材料中獲取的詮釋力度大，這絕不是偶然。究其原因，是他確信那些在他看來混亂無序的直接存在者是空洞無物的。他是如此回避直接性，乃至於一次都沒有對它有所論及。他既不記錄對任何一種形態的印象，也從不和處於統治地位的抽象思維為伍。真正屬於他的材料是過去的事物；他的認識從廢墟中發展而來。這裡絲毫沒有開展對這個活生生的世界的拯救，相反，這位沉思者是在拯救過去的碎片。在世界身後上演的本質的辯證法並非毫無道理地從世界的直接性出發就維持了**美學**的表象，而這一辯證法必然在衰亡的作品身上得到揭示。只有在事物的元素和它們的形象之間，在具體與抽象之間，在形態的意義與形態本身之間產生出真正的辯證法時，班雅明才能抵達真正完滿的實在。

　　班雅明在今天以片面且總是極端的方式展現出來的思考，自唯心主義開山以來已為人所淡忘了。他有意將它重新呈示於我們的哲學禁區；所幸他同時具備像他評價卡爾・克勞斯時所言及的能力——傾聽「從語言的地下深處傳來的喃喃低語」和識別本體的敏銳嗅覺。翻譯同他氣質相似的普魯斯特的部分文作也不無充足緣由。因為班雅明，哲學將取回內容上的確定性，哲學家的位置將挪動至「學者與藝術家之間的崇高中心」。即使不在「生者的領域」徜徉，班雅明也從過去生活的儲藏庫裡，取出了存放在那裡，為這位接收人所殷殷期盼的意義。

---

1 原刊於《法蘭克福報》，一九二八年七月十五日。
2 身為《法蘭克福報》編輯的齊格弗里德・克拉考爾（Siegfried Kracauer，一八八九一一九六六）發表了《單行道》及其增補部分的部分文章。一九二八年七月二十一日，班雅明在克拉考爾的這篇評論發表後給他寫信說：「……我現在再一次對您的評論深感愉悅，想

給您寫信並向您表達謝意。這篇評論是目前已有的評論中，唯一一篇不僅能夠探討和呈示這一部或那一部作品，還能夠指出我在一個次序中的層級。就好像有個幸運符掛在它身上，它的發表恰巧在我生日這一天。也許您也得到了一些關於您這篇短評的回饋，來自法蘭克福那邊的。在這裡，它非常受重視。」克拉考爾後將該評論收錄進他一九六三年問世的《大眾裝飾》（*Das Ornament der Masse*）中。

3 編注：丹尼爾・卡斯珀・馮・洛恩斯坦（Daniel Casper von Lohenstein，一六三五一一六八三），巴洛克時期最重要的德語劇作家之一，同時也是詩人、律師、外交官。

② 哲學裡的諧歌劇 [1]
恩斯特·布洛赫 [2]

　　它所形成之處，人們輕鬆愉快地跟進。然後出現干擾，立即變得與前不同，轉了個彎又重新開始。這就是我們對班雅明以這種方式進行的首次試驗的閱讀感受。並不缺少輕鬆的譬喻——儘管也可以不出現——，而嚴肅的那些也並不總是表達到「家」，倒不如說，它們是來到了這裡的街道上。

　　其他的地方，有的過於獨特，有的則讓人毫無必要地聯想起古代的事物。這部班雅明出版的《單行道》即是如此，它在這裡代表了一種超現實主義的思考方式。這種思考方式的「我」就在近旁，卻總在變換，是的，有很多個「我」；同樣地，幾乎每一句話都重新開始，以不同的方式熬製其他的東西。它的文字運用

極其現代的方式，以姍姍來遲的古風式優雅，表達總是古怪或意向不明的內容。它的形式是一條街道，房屋和商店鱗次櫛比，在其中陳列了種種的即興奇想。

諸如此類的事物沒有成為附帶物，只可能成長於今天。只有在今天，那些尤其是有關具體之物的內心奇想才會得到重視，才不至於讓它們既不為人所知也不為人所理解地落單。因為宏大的形式在很大程度上已落入窠臼，宮廷劇院和封閉式教育的老資產階級的文化繁榮沒有一次是模仿性的。從街道、集市、馬戲場和廉價讀物中，湧現出許多別的形式，它們是一些新的或者只在被輕視的角落才為人所知的形式，正在占領成熟的高地。小丑演員剛好登上了行將衰落的芭蕾舞劇臺，設計簡約的馬賽公寓注入早已僵化的建築風格，形式穿插的諧歌劇闖進了全封閉的古老劇院。除了「放鬆」（即使這一點上也可以再度收緊）之外，諧歌劇直接蘊含的內容很少。從它那裡也並不誕生新的

「伶人」，它主要還是為找樂子的下層民眾服務，並且也像他們一樣雜亂無章。但是，「諧歌劇」無疑可以被間接性地拿來使用，它可以作為當代最開放、能抵禦所有意圖的最真誠的形式之一，可以作為對某種鎖閉空間的模仿。鎖閉在那裡的事物沒有什麼不是帶著謊言出現，其中只有碎片與碎片的相遇和混合。諧歌劇給人留下的間接性印象恰恰來源於高強度的感官感受和不加連接的活動場景，來源於它的多變性和相互轉化性，來源於它對夢的觸碰。由此，這種形式作為一種輔助手段走入了非同尋常的藝術：從皮斯卡托到《三便士歌劇》。就連「即興」的全新視角，即來自左手的行動也沒有缺席。在班雅明這裡，這種左手的活動是哲學的：作為一種中斷的形式，作為一種即興創作和視角突然顛倒的形式，總歸是拒絕「體系」的細節與碎片的形式。箴言、指示說明、對話、短論——這些一直以來都是體系之外的哲學形式，早於近代的各種體系，也依舊

內在於它們。現在，跟隨著資產階級的先驗的理性原則，唯獨從理性原則出發才支撐和發展出其唯心主義關聯的體系也一起撤退了。這一鎖閉的理論體系和資產階級抽象完整的周密考量以這樣的方式一同落幕而至消逝——體系甚至被尼采冠之以「說謊的意志」之名。因此，齊美爾那尚存爭議的探詢式的印象表達也就占據了一席之地，由此就在堅定不移地唱著「體系」之歌的學院派朝聖者大合唱中，闖進來某種形式的霍爾澤爾山[3]：它呈現為一種所謂的存在哲學的形態——擁有總體，卻無體系。「諧歌劇」在班雅明的小型形式實驗中出現得很不一樣，它是深思熟慮後的即興創作，是跳躍性關係下產生的垃圾碎屑，是一系列最多只可能有橫向的親和關係存在其間的幻夢、箴言和口號。如果根據它的方法論可能性，「諧歌劇」是一次穿越空虛時代的旅行的話，那麼班雅明的實驗則為這場旅行提供了一幅幅快照，或更確切地說，是照片的蒙太奇。

我們說，這裡總會發現新的「我」，然後又消失。是的，客觀地說沒有任何人真正地走在這條街上，街邊的事物是自我呈現的。有如預感般充斥於胸的事物只以外在的碎片形式表達出來，它們構成了路邊標牌和陳列櫥窗。這條單行道正是這樣：它不是隨便的什麼形象，比如在光禿禿的夢境裡出現的空蕩蕩的廣場街巷，而是哲學**指南**、哲學集市。由此產生了一種尤為罕見的形式，思想得以在這種形式下一一鋪散開來。這些篇名叫作「加油站」、「早餐室」、「標準鐘」、「最多只能停放三輛計程車的招呼站」、「時髦服飾用品」、「十三號」、「失物招領處」、「面具存放間」，等等。與之相對應的是哲學化的碎片，它們被放置在這些地方和櫥窗裡，然而也以巨大的易變性而能夠相互轉換。比如馬賽天主教大教堂，它以「宗教火車站」的身分出現，旋即又透過寄喻的目光如此這般掩藏自身：「一列列駛往永恆的臥鋪列車就在做彌撒的時刻從這裡啟程」。

這無疑是對「宗教火車站」的批判，但火車同樣也會掉頭行駛——為了卸下違禁品，它從永恆和它的神話本質出發駛進火車站。這種語言風格充斥了大量思維上的連接，這種連接是經由馬克斯・恩斯特[4]直到考克多[5]，所以能夠形成超現實主義的東西：連接遠處和近前，連接繚繞的神話和最精準的日常。那麼追問「我」或「我們」的問題就又重新出現了，在這條街道上，「我」或「我們」不可能變成非人的，也不可能缺席。然而在街上逗留的「我」卻不過是一個閒逛的軀體，主要地不是耳朵或眼睛，也不是溫情、善意或驚異，而是對氣候毫無感知的觸覺和味覺。這裡如果套用一個巴霍芬[6]的範疇，那麼可以說，一個地下的幽靈在「街道—思維」中，更準確地說，在「拱廊—思維」中找到了他的軀殼。就像裝在酒瓶裡的帆船[7]，以及可轉動的玩具水晶球裡那一株株開滿花的樹和白雪覆蓋的鐘塔一樣，它們以被封存的形式展現出來：世界的哲學命題也是如此這般地

藏在玻璃視窗下。對整個宇宙，這個幽靈也只是用發自內心的品味眼光或視覺品味去看待。是的，他用身體的迷狂來講述宇宙（〈到天文館去〉）。在和身體緊緊貼近的夢想街道兩旁，矗立著凝結了時代品味的商店和融匯了時代之混雜內容的房屋。這是，或者可能是本次實驗的地形圖。所以，這裡發生的不僅僅是一次哲學的新店開張（此前的哲學是沒有商店的），還不啻是一場漂流物的狂歡，一幕上演了最為人所熟知的物什的超現實主義劇碼。

如果我們返回頭來看這個小的整體，它代表的是某些還沒有走進今天的事物。一個思想家無比精確地追蹤單獨的個體，清晰地使其凸顯，以致幾乎讓人難以說出硬幣到底還作何用。他賦予文字圖像以價值，對其不加以任何資產階級匯率的換算，也缺失任何其他清晰明瞭的兌換比率；顯而易見的是無政府主義的意義，以及去收集和在崩壞中尋找、拯救，實際卻漫無目的的震驚機制的意義。同樣離解的

目光讓形態多端的湍流瞬間結冰、凝固（流向除外），還讓相互交織、變動不居的想像披上了埃利亞學派[8]的特徵。這使得這種哲學變得和美杜莎——按照戈特弗里德·凱勒對美杜莎的定義，即「凝滯圖像的騷動」——別無二致。而如果「諧歌劇」從超現實主義哲學中穿流而過，那麼在被救贖的廢墟意義旁，就有另外一個「萬花筒」徹底現身。因為我們時代的鎖閉空間（正像十九世紀的空間一樣，它的幽靈——寄喻〔Spuk-Allegorie〕已經進入超現實主義式哲學，無處不在）並不身處自身的虛無之中，相比一個絕對不含任何不確定傾向的王國來說，毋寧說它居於一個擁有更為具體的意圖和更加物質化傾向的王國之內。班雅明的哲學讓每一個意圖都死於「真理之死」，真理分解為一個個停滯的「理念」和它們的庭院——「圖像」。然而，真實的圖像、犀利的目光、文字精確的深度、位居中心的怪誕以及經由鑽探而得的各種發掘物，並不躺在前方有個窗玻

璃的蝸牛殼或密特拉神洞裡，而是作為辯證的實驗形象處在公開的演進過程中。超現實主義式哲學堪稱顯微鏡切片和碎片蒙太奇的典範，碎片繁多但相互之間卻毫無關係。蒙太奇是這種哲學的根本所在，它以這樣一種方式參與了真實的道路修建：不是意圖死於真理，而是碎片死於真理並且為現實所用；單行道也是有目的地的。

---

1 譯注：諧歌劇（Revue）是表演藝術的一種，結合了音樂、舞蹈和說白等元素，沒有完整的故事情節。十九世紀末開始盛行於巴黎的紅磨坊，並在世紀之交遍及整個歐洲，二十世紀二〇年代發展到頂峰。

2 譯注：恩斯特·布洛赫（Ernst Bloch，一八八五一一九七七）對《單行道》的首篇同名評論刊於《福斯報》（一九二八年八月一日，第一八二期）。後來布洛赫本人對該評論進行了大幅修改，最終收錄於一九三五年出版的文集《這個時代的遺產》中。此處選譯的即為該最終修訂版。

3 譯注：位於德國圖林根州圖艾森納赫以東的山脈，傳說「唐懷瑟」（Tannhäuser）中的維納斯堡。

4 譯注：馬克斯·恩斯特（Max Ernst，一八九一一

一九七六），德裔法國畫家，雕塑家，被譽為「超現實主義的達文西」。

5 譯注：尚·考克多（Jean Cocteau，一八八九－一九六三），法國先鋒派藝術家。

6 譯注：巴霍芬（Johann Jakob Bachofen，一八一五－一八八七），瑞士法律史學家，古文物學家和人類學家。其代表作《母權論》被認為是現代母權制理論的開端。

7 譯注：一種德國手工藝品，叫作「瓶中船」或「酒瓶船」，手工工匠把袖珍的帆船模型裝進細頸寬肚的玻璃瓶裡。在德國北方小鎮諾伊哈靈格希爾（Neuharlingersiel）有一家專門陳列這類船模的瓶中船博物館。

8 譯注：古希臘最古老的哲學派別之一，主要代表人物有巴門尼德、芝諾。

國家圖書館出版品預行編目 (CIP) 資料

單行道：班雅明的「路上觀察學院」，走入充滿張力與火
花的哲學街景 / 華特.班雅明（Walter Benjamin）著；姜雪譯.--
初版 .-- 新北市：方舟文化出版：遠足文化事業股份有限公
司發行, 2022.10
　面；　　公分 .--（心靈方舟；43）
德文直譯詳註本
譯自：Einbahnstraße
ISBN 978-626-7095-69-0（平裝）

875.6　　　　　　　　　　　　　　　111012839

方舟文化官方網站　　方舟文化讀者回函

心靈方舟 0043

單行道【德文直譯詳註本】

班雅明的「路上觀察學院」，走入充滿張力與火花的哲學街景
Einbahnstraße

作者	華特‧班雅明	**讀書共和國出版集團**	
譯者	姜雪	社長	郭重興
封面設計	蔡佳豪	發行人兼出版總監	曾大福
內頁設計	黃馨慧	業務平臺總經理	李雪麗
主編	邱昌昊	業務平臺副總經理	李復民
行銷主任	許文薰	實體通路協理	林詩富
總編輯	林淑雯	網路暨海外通路協理	張鑫峰
		特販通路協理	陳綺瑩
出版者	方舟文化／遠足文化事業股份有限公司	實體通路經理	陳志峰
發行	遠足文化事業股份有限公司	實體通路副理	賴佩瑜
	231 新北市新店區民權路 108-2 號 9 樓	印務	江域平、黃禮賢
	電話：（02）2218-1417		李孟儒

　　傳真：（02）8667-1851
　　劃撥帳號：19504465　　戶名：遠足文化事業股份有限公司
　　客服專線：0800-221-029　　E-MAIL：service@bookrep.com.tw
網站　　www.bookrep.com.tw
印製　　東豪印刷事業有限公司　　電話：（02）8954-1275
法律顧問　華洋法律事務所　　蘇文生律師
定價　　380 元
初版一刷　2022 年 10 月

巴黎的憂鬱——波特萊爾
Le Spleen De Paris
夏爾・皮耶・波特萊爾◎著／胡小躍◎譯

★ 與《惡之華》齊名的波特萊爾代表作
★ 譯者榮獲法國文化部「文藝騎士」殊榮
★ 探討都市人獨有「疏離感」的散文詩傑作

「做個有用的人，我一直覺得這很可惡。」——
波特萊爾

波特萊爾是法國十九世紀偉大的天才詩人及藝術評論家，《巴黎的憂鬱》是他繼《惡之華》後的代表作；書中暗藏許多看似尋常卻又鞭辟入裡的名言，既是為現代都市人所寫的孤獨的說明書，更是走出寂寞的指南針。

從悲劇中開出幸福花朵的人生智慧
——叔本華
Aphorismen zur Lebensweisheit
阿圖爾・叔本華◎著／木云、林求是◎譯

★ 風靡全球哲學入門經典，叔本華暢銷代表作
★ 全新譯稿淺白易懂，火爆熱賣權威定本
★ 重新分章下標，閱讀邏輯更清晰明瞭

「一個人內在擁有的東西，是決定他幸福與否的關鍵。」——叔本華

悲觀主義哲人叔本華一生飽受憂鬱折磨，卻寫出了關於幸福人生的箴言。本書逐層講述健康、財富、名聲、榮譽、養生及待人接物的永恆法則，處處閃耀著智慧的光芒，帶領我們共同思考幸福人生的真諦。

延伸閱讀

流浪者之歌／悉達多

Siddhartha: Eine Indische Dichtung

赫曼·赫塞◎著 ／ 楊武能◎譯

★ 出版 100 周年，赫曼·赫塞代表作
★ 德國歌德學會金質獎章獲獎譯者，精彩詮釋
★ 獨家收錄赫塞〈我的信仰〉與生平自述

「你的靈魂，就是整個世界！」

赫曼·赫塞流傳最廣也最具影響力的作品，脫胎自佛陀求道故事，融入赫塞對東方哲學的理解，以詩化文字與深刻哲思，成就了這本人生之書。不論你走在人生哪個階段，都將從中找到令你落淚的共鳴與最及時的啟發。

人類群星閃耀時

Sternstunden der Menschheit

史蒂芬·褚威格◎著 ／ 姜乙◎譯

★「人類靈魂的獵手」褚威格的傳記代表作
★ 全球印行超過 120 萬冊，德文原典直譯
★ 14 篇歷史特寫，給你面對關鍵時刻的勇氣

「我從不願為所謂『英雄』歌功頌德，我只寫那些始終保持崇高精神的人物。」──褚威格

文明的進程繫於人一念之間，無論功成或飲恨，都將在歷史上留下濃墨重彩的一筆，成為指引後人的閃耀恆星。截取西塞羅、拿破崙、歌德、托爾斯泰、列寧、威爾遜等人生命中關鍵一刻，褚威格以洞察慧眼與縱橫妙筆，將他們的故事，化作一幅幅慷慨激昂的「歷史特寫」。